Die schönsten Wintermärchen

Was gibt es an einem dunklen Winterabend Schöneres, als sich warm eingemummelt von Märchen in fantasievolle Abenteuer entführen zu lassen? Gerade die kalte Jahreszeit mit ihren ganz eigenen Sagengestalten, dem zauberhaften Schnee und ihrem strahlenden Höhepunkt, der Weihnachtszeit, lädt seit jeher zum Geschichtenerzählen und -genießen ein.

Ob alte Bekannte von den Brüdern Grimm und Hans Christian Andersen oder neuere Erzählungen von Astrid Lindgren und Oscar Wilde – die Märchen in dieser Sammlung erzählen von bitterer Kälte, warmer Liebe und Licht in der Dunkelheit.

Die schönsten Wintermärchen

RECLAM

Inhalt

Brüder Grimm

Frau Holle

Eine Witwe hatte zwei Töchter, davon war die eine schön und fleißig, die andere hässlich und faul. Sie hatte aber die hässliche und faule, weil sie ihre rechte Tochter war, viel lieber, und die andere musste alle Arbeit tun und der Aschenputtel im Hause sein. Das arme Mädchen musste sich täglich auf die große Straße bei einem Brunnen setzen, und musste so viel spinnen, dass ihm das Blut aus den Fingern sprang. Nun trug es sich zu, dass die Spule einmal ganz blutig war, da bückte es sich damit in den Brunnen und wollte sie abwaschen: Sie sprang ihm aber aus der Hand und fiel hinab. Es weinte, lief zur Stiefmutter und erzählte ihr das Unglück. Sie schalt es aber so heftig und war so unbarmherzig, dass sie sprach: »Hast du die Spule hinunterfallen lassen, so hol sie auch wieder herauf.« Da ging das Mädchen zu dem Brunnen zurück und wusste nicht, was es anfangen sollte: Und in seiner Herzensangst sprang es in den Brunnen hinein, um die Spule zu holen. Es verlor die Besinnung, und als es erwachte und wieder zu sich selber kam, war es auf einer schönen Wiese, wo die Sonne schien und viel tausend Blumen standen. Auf dieser Wiese ging es fort und kam zu einem Backofen, der war voller Brot; das Brot aber rief: »Ach, zieh mich raus, zieh mich raus, sonst verbrenn ich: Ich bin schon längst ausgebacken.« Da trat es herzu, und holte mit dem Brotschieber alles nacheinander heraus. Danach ging es weiter und kam zu einem Baum, der hing voll Äpfel, und rief ihm zu: »Ach schüttel mich, schüttel mich, wir Äpfel sind alle miteinander reif.« Da schüttelte es den Baum, dass die Äpfel fielen, als regneten sie, und schüttelte, bis keiner mehr oben war; und als es alle in einen Haufen zusammengelegt hatte, ging es wieder weiter. Endlich kam es zu einem kleinen Haus, daraus guckte eine alte Frau, weil sie aber so große Zähne hatte, ward ihm angst, und es wollte fortlaufen. Die alte Frau aber rief ihm nach: »Was fürchtest du dich, liebes Kind? Bleib bei mir, wenn du alle Arbeit im Hause ordentlich tun willst, so soll dir's gut gehn. Du musst nur Acht geben, dass du mein Bett gut machst und es fleißig aufschüttelst, dass die Federn fliegen, dann schneit es in der Welt; ich bin die Frau Holle.« Weil die Alte ihm so gut zusprach, so fasste sich das Mädchen ein Herz, willigte ein und begab sich in ihren Dienst. Es besorgte auch alles nach ihrer Zufriedenheit, und schüttelte ihr das Bett immer gewaltig auf, dass die Federn wie Schneeflocken umherflogen; dafür hatte es auch ein gut Leben bei ihr, kein böses Wort, und alle Tage Gesottenes und Gebratenes. Nun war es eine Zeitlang bei der Frau Holle, da ward es traurig und wusste anfangs selbst nicht, was ihm fehlte, endlich merkte es, dass es Heimweh war; ob es ihm hier gleich viel tausendmal besser ging als zu Haus, so hatte es doch ein Verlangen dahin. Endlich sagte es zu ihr: »Ich habe den Jammer nach Haus kriegt, und wenn es mir auch noch so gut hier unten geht, so kann ich doch nicht länger bleiben, ich muss wieder hinauf zu den Meinigen.« Die Frau Holle sagte: »Es gefällt mir, dass du wieder nach Haus verlangst, und weil du mir so treu gedient hast, so will ich dich selbst wieder hinaufbringen.« Sie nahm es darauf bei der Hand und führte es vor ein großes Tor. Das Tor ward aufgetan, und wie das Mädchen gerade darunter stand, fiel ein gewaltiger Goldregen, und alles Gold blieb an ihm hängen, so dass es über und über davon bedeckt war. »Das sollst du haben, weil du so fleißig gewesen bist«, sprach die Frau Holle und gab ihm auch die Spule wieder, die ihm in den Brunnen gefallen war. Darauf ward das Tor verschlossen, und das Mädchen befand sich oben auf der Welt, nicht weit von seiner Mutter Haus: Und als es in den Hof kam, saß der Hahn auf dem Brunnen und rief:

»Kikeriki,
unsere goldene Jungfrau ist wieder hie.«

Da ging es hinein zu seiner Mutter, und weil es so mit Gold bedeckt ankam, ward es von ihr und der Schwester gut aufgenommen. Das Mädchen erzählte alles, was ihm begegnet war, und als die Mutter hörte, wie es zu dem großen Reichtum gekommen war, wollte sie der andern hässlichen und faulen Tochter gerne dasselbe Glück verschaffen. Sie musste sich an den Brunnen setzen und spinnen; und damit ihre Spule blutig ward, stach sie sich in die Finger und stieß sich die Hand in die Dornhecke. Dann warf sie die Spule in den Brunnen und sprang selber hinein. Sie kam, wie die andere, auf die schöne Wiese und ging auf demselben Pfade weiter. Als sie zu dem Backofen gelangte, schrie das Brot wieder: »Ach, zieh mich raus, zieh mich raus, sonst verbrenn ich, ich bin schon längst ausgebacken.« Die Faule aber antwortete: »Da hätt ich Lust, mich schmutzig zu machen«, und ging fort. Bald kam sie zu dem Apfelbaum, der rief: »Ach, schüttel mich, schüttel mich, wir Äpfel sind alle miteinander reif.« Sie antwortete aber: »Du kommst mir recht, es könnte mir einer auf den Kopf fallen«, und ging damit weiter. Als sie vor der Frau Holle Haus kam, fürchtete sie sich nicht, weil sie von ihren großen Zähnen schon gehört hatte, und verdingte sich gleich zu ihr. Am ersten Tag tat sie sich Gewalt an, war fleißig und folgte der Frau Holle, wenn sie ihr etwas sagte, denn sie dachte an das viele Gold, das sie ihr schenken würde; am zweiten Tag aber fing sie schon an zu faulenzen, am dritten noch mehr, da wollte sie morgens gar nicht aufstehen. Sie machte auch der Frau Holle das Bett nicht, wie sich's gebührte, und schüttelte es nicht, dass die Federn aufflogen. Das ward die Frau Holle bald müde und sagte ihr den Dienst auf. Die Faule war das wohl zufrieden und meinte, nun würde der Goldregen kommen; die Frau Holle führte sie auch zu dem Tor, als sie aber darunter stand, ward statt des Goldes ein großer Kessel voll Pech ausgeschüttet. »Das ist zur Belohnung deiner Dienste«, sagte die Frau Holle und schloss das Tor zu. Da kam die Faule heim, aber sie war ganz mit Pech bedeckt, und der Hahn auf dem Brunnen, als er sie sah, rief:

»Kikeriki,
unsere schmutzige Jungfrau ist wieder hie.«

Das Pech aber blieb fest an ihr hängen und wollte, solange sie lebte, nicht abgehen.

Selma Lagerlöf

Die Legende von der Christrose

Die Räubermutter, die in der Räuberhöhle oben im Göingewald lebte, war eines Tages auf Bettelfahrt unten in der Ebene losgezogen. Der Räubervater selbst war vogelfrei und traute sich nicht, den Wald zu verlassen, er begnügte sich damit, aus dem Hinterhalt Reisende zu überfallen, die sich in das Waldgebiet wagten. Doch zu der Zeit gab es nicht viele Reisende im nördlichen Schonen. Wenn der Mann also mehrere Wochen lang kein Glück bei seiner Jagd gehabt hatte, machte sich die Ehefrau auf den Weg. Sie hatte ihre fünf Kinder bei sich, und jedes Kind trug zerrissene Lederkleider und Rindenschuhe und auf dem Rücken einen Sack, der genauso groß war wie der Knirps selbst. Sobald sie ein Haus betrat, traute sich niemand, ihr das vorzuenthalten, was sie haben wollte, denn sie scheute sich nicht, in der nächsten Nacht zurückzukehren und Feuer zu legen, wenn sie nicht gut genug empfangen worden war. Die Räubermutter und ihre Kinder waren schlimmer als ein Wolfsrudel, und viele hätten nicht übel Lust gehabt, sie aufzuspießen, doch dazu kam es nie, weil man wusste, dass der Alte noch oben im Wald hauste, und er wüsste schon, wie man sich rächt, wenn seinen Kindern und seiner Frau etwas zugestoßen wäre.

Als nun die Räubermutter bettelnd von Hof zu Hof ging, kam sie eines schönen Tages nach Öved, wo zu der Zeit ein Kloster lag. Sie klingelte an der Klosterpforte und begehrte etwas zu essen, und die Torwache öffnete eine kleine Luke im Tor und reichte ihr sechs runde Brote, eines für sie und eines für jedes ihrer Kinder.

Während die Mutter ruhig am Tor wartete, liefen die Kinder umher. Und nach einer Weile kam einer der Jungen zu ihr und zupfte an ihrem Kleid als Zeichen, dass er etwas gefunden hatte und sie kommen und es anschauen sollte, und die Räubermutter ging sofort mit ihm.

Das ganze Kloster war von einer hohen, dicken Mauer umgeben, doch der Junge hatte trotz allem eine kleine Hinterpforte gefunden, die nur angelehnt war. Als die Räubermutter dort ankam, schob sie augenblicklich das Türchen auf und trat, ohne um Erlaubnis zu fragen, ein, so wie sie es immer tat.

Öveds Kloster wurde zu der Zeit von Abt Hans geleitet, einem kräuterkundigen Mann. Er hatte innerhalb der Klostermauern einen kleinen Kräutergarten angelegt, und in diesen drang die Räubermutter nun ein.

Beim ersten Anblick war die Räubermutter derart erstaunt, dass sie am Eingang stehenblieb. Es war Hochsommer, und Abt Hans' Kräutergarten stand so voll in Blüte, dass es vor Blau, Rot und Gelb nur so funkelte, wenn man ihn betrachtete. Doch bald breitete sich ein zufriedenes Lächeln auf ihrem Gesicht aus, und sie lief einen schmalen Gang zwischen vielen kleinen Blumenbeeten entlang.

Im Garten lief ein Laienbruder umher und zupfte Unkraut. Er war es gewesen, der die Pforte in der Mauer hatte halb offen stehen lassen, um Melde und Quecke auf den Abfallhaufen draußen zu werfen. Als er die Räubermutter mit ihren fünf Kindern im Schlepptau im Kräutergarten entdeckte, lief er sofort zu ihnen und befahl ihnen, sich zu trollen. Doch die Alte ging weiter zielstrebig geradeaus. In alle Richtungen warf sie Blicke, schaute mal auf die steifen weißen Lilien, die sich auf einem Beet ausbreiteten, mal auf das Efeu, das die Klostermauern hochkletterte, und kümmerte sich nicht im Geringsten um den Laienbruder.

Der Laienbruder nahm an, dass sie ihn nicht verstanden hatte. Er wollte sie am Arm packen, um sie Richtung Ausgang zu drehen, doch als die Räubermutter seine Absicht erkannte, warf sie ihm einen Blick zu, der ihn mehrere Schritte zurückweichen ließ. Bisher war sie gebückt gelaufen, von dem Bettlersack nach unten gedrückt, doch jetzt richtete sie sich zu voller Größe auf.

»Ich bin die Räubermutter aus dem Göingewald«, sagte sie. »Fass mich an, wenn du dich traust!« Und es war offensichtlich, dass sie, als sie das sagte, ebenso sicher war, in Ruhe ihren Weg fortsetzen zu können, als wenn sie erklärt hätte, sie sei die Königin von Dänemark.

Doch der Laienbruder wagte es dennoch, sie aufzuhalten, auch wenn er jetzt, nachdem er erfahren hatte, wer sie war, vorsichtiger mit ihr sprach.

»Du musst wissen«, sagte er, »das hier ist ein Mönchskloster, und keiner Frau im ganzen Land ist es erlaubt, ins Innere der Mauern zu treten. Wenn du nicht deines Weges gehst, dann werden die Mönche wütend auf mich werden, weil ich vergessen habe, die Tür zu verschließen, und sie werden mich möglicherweise aus dem Kräutergarten und dem Kloster werfen.«

Doch solches Flehen war vergebliche Liebesmühe bei der Räubermutter. Sie ging weiter entlang des kleinen Rosenquadrats und betrachtete den Ysop mit seinen violetten Blüten und das Geißblatt, das voll mit gelbroten Blütenquasten hing.

Da wusste der Laienbruder keinen Rat mehr, er lief ins Kloster und holte Hilfe.

Er kam zurück mit zwei kräftigen Mönchen, und die Räubermutter erkannte sofort, dass es jetzt ernst wurde. Sie stellte sich breitbeinig auf den Weg und schrie mit schriller Stimme, welch schreckliche Rache sie an dem Kloster nehmen werde, wenn man ihr nicht erlaube, so lange in dem Kräutergarten zu bleiben, wie sie wollte. Doch die Mönche schienen sie nicht zu fürchten und dachten nur daran, sie schnellstmöglich zu vertreiben. Da stieß die Räubermutter schrille Schreie aus, warf sich auf sie und kratzte und biss, und ihre Kinder taten es ihr gleich.

Die drei Männer erkannten bald, dass sie ihnen überlegen

war. Es blieb ihnen nichts anderes übrig, als ins Kloster zurückzugehen und Verstärkung zu holen.

Als sie den Gang entlangliefen, der ins Kloster führte, begegneten sie Abt Hans, der herbeigeeilt war, um zu erfahren, was das für ein Lärm war, der aus dem Kräutergarten kam. Sie mussten zugeben, dass die Räubermutter aus dem Göingewald ins Kloster eingedrungen war und dass sie nicht allein imstande gewesen waren, sie wieder zu vertreiben, sondern dafür Verstärkung brauchten.

Doch Abt Hans warf ihnen vor, Gewalt angewandt zu haben, und verbot ihnen, weitere Hilfe zu holen. Er schickte die beiden Mönche zurück an ihre Arbeit, und obwohl er ein alter, gebrechlicher Mann war, nahm er ausschließlich den Laienbruder mit sich in den Kräutergarten.

Als Abt Hans dort ankam, lief die Räubermutter wie zuvor zwischen den Blumenbeeten hin und her. Und er konnte sich nicht genug über sie wundern. Er war überzeugt davon, dass sie nie zuvor in ihrem Leben einen Kräutergarten gesehen hatte. Und dennoch ging sie von einem Beet zum nächsten, die alle mit den verschiedensten fremden und seltenen Blumen bepflanzt waren, und betrachtete sie alle, als wären sie alte Bekannte. Es sah so aus, als kannte sie Immergrün, Salbei und Rosmarin. Bei einigen schmunzelte sie, bei anderen schüttelte sie den Kopf.

Abt Hans liebte seinen Kräutergarten so sehr, wie man etwas nur lieben kann, das irdisch und vergänglich ist. Und wie wild und verkommen diese fremde Frau auch aussah, so musste er sich doch eingestehen, dass es ihm imponierte, dass sie mit drei Mönchen gekämpft hatte, um in Ruhe den Garten Eden betrachten zu können. Er trat zu ihr und fragte ruhig, ob ihr der Kräutergarten gefalle.

Die Räubermutter drehte sich abrupt zu Abt Hans um, von dem sie nur Hinterhalt und Überfall erwartete, doch als sie sein weißes Haar und seinen gebeugten Rücken sah, antwortete sie ganz friedlich:

»Beim ersten Blick auf den Garten dachte ich, ich hätte nie etwas Schöneres gesehen, aber jetzt weiß ich, dass er nichts ist im Vergleich zu einem anderen, den ich kenne.«

Abt Hans hatte sicher eine andere Antwort erwartet. Als er hörte, dass die Räubermutter einen Garten gesehen hatte, der schöner war als seiner, bildete sich eine leichte Röte auf seinen faltigen Wangen.

Der Laienbruder, der neben den beiden stand, wollte augenblicklich die Räubermutter zurechtweisen.

»Das ist der Abt Hans«, erklärte er, »der selbst mit großem Eifer und viel Mühe die Blumen für seinen Kräutergarten in Fern und Nah gesammelt hat. Wir alle wissen, dass es in ganz Schonen keinen prächtigeren Garten gibt, und es steht dir, die du das ganze Jahr im wilden Wald lebst, nicht zu, seine Arbeit zu schulmeistern.«

»Ich will mich gar nicht zum Schulmeister machen, weder über ihn noch über dich«, sagte die Räubermutter, »ich sage nur, wenn ihr den Garten sehen könntet, an den ich denke, ihr würdet alle Blumen, die hier stehen, ausreißen und sie wie Unkraut wegwerfen.«

Doch der Kräutergartenhüter war kaum weniger stolz auf die Blumen als Abt Hans selbst, und als er diese Worte hörte, fing er an höhnisch zu lachen.

»Mir ist schon klar, dass du nur so redest, um uns zu ärgern. Das muss ja ein schöner Garten sein, den du im Göingewald zwischen Kiefern und Wacholder angelegt hast. Ich möchte meine Seele verwetten, dass du noch nie zuvor in den Mauern eines Kräutergartens gewesen bist.«

Die Räubermutter wurde rot vor Wut, dass ihr so wenig geglaubt wurde, und sie rief aus:

»Es kann schon sein, dass ich noch nie zuvor in den Mauern eines Kräutergartens gewesen bin, doch ihr Mönche, die ihr doch heilige Männer seid, ihr solltet wissen, dass der große Göingewald sich in jeder Weihnachtsnacht in einen Garten Eden verwandelt, um die Stunde der Geburt unseres Herrn zu feiern. Wir, die im Wald leben, haben es jedes Jahr miterlebt, und in diesem Garten habe ich so herrliche Blumen gesehen, dass ich nicht gewagt habe, meine Hand zu heben, um sie zu pflücken.«

Der Laienbruder wollte etwas erwidern, doch Abt Hans gab ihm ein Zeichen, zu schweigen. Denn Abt Hans hatte in seinen Kindertagen davon gehört, dass sich der Wald in der Weihnachtsnacht mit einem Festkleid schmückt. Schon oft hatte er sich danach gesehnt, dieses Schauspiel zu erleben, aber bisher war es ihm nie geglückt. Deshalb bat er jetzt die Räubermutter inständig um Erlaubnis, in der Weihnachtsnacht hoch zur Räuberhöhle kommen zu dürfen. Wenn sie nur eines ihrer Kinder schickte, das ihm den Weg zeigte, würde er sich allein dorthin aufmachen, und er würde sie niemals verraten, sondern sie stattdessen so reichlich belohnen, wie es in seiner Macht stand.

Zunächst weigerte sich die Räubermutter, denn sie dachte an den Räubervater und die Gefahr, die ihm drohte, wenn sie den Abt Hans zu ihrer Höhle führte. Doch dann wurde der Wunsch, dem Mönch zu zeigen, dass der Garten, den sie kannte, schöner war als seiner, doch zu übermächtig, und sie willigte ein.

»Aber mehr als einen Wegbegleiter darfst du nicht mitnehmen«, entschied sie. »Und eine Falle oder einen Hinterhalt darfst du uns nicht bereiten, so wahr du ein heiliger Mann bist.«

Das gelobte Abt Hans, und damit ging die Räubermutter. Und Abt Hans befahl dem Laienbruder, niemandem zu verraten, was sie abgemacht hatten. Er fürchtete, dass seine Mönche einem so alten Mann, wie er es war, nicht erlauben würden, zur Räuberhöhle hoch zu ziehen, wenn sie von seinem Vorhaben erführen.

Er selbst wollte auch niemandem etwas von dem Plan verraten. Doch dann geschah es, dass der Erzbischof Absalon aus Lund nach Öved reiste und dort über Nacht blieb. Als Abt Hans ihm seinen Kräutergarten zeigte, wanderten seine Gedanken zum Besuch der Räubermutter, und der Laienbruder, der in den

Beeten arbeitete, hörte, wie der Abt dem Bischof von dem Räubervater berichtete, der seit vielen Jahren als Vogelfreier im Wald lebte, und bat um einen Schutzbrief für ihn, damit er wieder ein ehrliches Leben unter anderen Menschen führen könnte.

»Wie es jetzt aussieht«, sagte Abt Hans, »wachsen seine Kinder zu noch schlimmeren Übeltätern heran, als er einer ist, und bald habt ihr es mit einer ganzen Räuberbande da oben im Wald zu tun.«

Doch Erzbischof Absalon erwiderte, dass er den bösartigen Räuber nicht unter das ehrliche Volk auf der Ebene lassen wolle. Es sei für alle das Beste, wenn er oben im Wald bliebe.

Abt Hans wurde ganz eifrig und begann dem Bischof davon zu erzählen, wie sich der Göingewald jedes Jahr zu Weihnachten schmückte.

»Wenn diese Räuber nicht zu gering dafür sind, dass Gottes Herrlichkeit sich ihnen zeigt«, sagte er, »dann können sie doch wohl auch nicht zu böse sein, um die Gnade der Menschen zu erlangen.«

Doch der Erzbischof wusste dem Abt Hans zu antworten.

»So viel kann ich dir versprechen, mein lieber Abt Hans«, sagte er schmunzelnd, »an dem Tag, an dem du mir eine Blume aus dem Weihnachtsgarten im Göingewald schickst, werde ich für alle Vogelfreien, für die du bittest, einen Schutzbrief aufsetzen.«

Dem Laienbruder war klar, dass Bischof Absalon ebenso wenig wie er selbst an die Erzählung der Räubermutter glaubte, doch Abt Hans merkte davon nichts, er bedankte sich bei Absalon für sein großzügiges Versprechen und versicherte, dass er die Blume schon schicken werde.

Abt Hans bekam seinen Willen; am nächsten Heiligabend saß er nicht daheim in Öved, sondern war auf dem Weg zum Göingewald. Eines der wilden Kinder der Räubermutter lief ihm voraus, und als Wegbegleiter hatte er den Laienbruder ausgewählt, der mit der Räubermutter im Kräutergarten gesprochen hatte.

Abt Hans hatte sich lange danach gesehnt, diese Reise zu unternehmen, und jetzt war er froh, dass sie endlich zustande gekommen war. Ganz anders sah es mit dem Laienbruder aus, der ihm folgen sollte. Er schätzte Abt Hans sehr, und er hätte auf keinen Fall einem anderen erlaubt, ihn an seiner statt zu begleiten und über ihn zu wachen, aber er glaubte keinen Moment, dass sie eine Art von Weihnachtsgarten sehen würden. Er dachte, dass es sich bei dem Ganzen um eine Falle handelte, von der Räubermutter mit großer Schläue aufgestellt, damit Abt Hans ihrem Mann in die Hände falle.

Während Abt Hans nordwärts auf die Wälder zuritt, sah er, wie überall die Weihnachtsfeiern vorbereitet wurden. In jedem Bauerndorf wurde das Feuer in der Sauna entzündet, damit es heiß genug war für den Saunagang am Nachmittag. Aus den Vorratsspeichern wurden Unmengen an Fleisch und Brot in die Stuben geschleppt, und aus den Scheunen kamen die Knechte mit großen Heubündeln, die auf dem Boden verstreut werden sollten.

Als er an den kleinen Landkirchen vorbeiritt, sah er, dass der Pfarrer und die Glöckner dabei waren, sich die schönsten Gewänder anzuziehen, die sie nur finden konnten, und als er zur Wegscheide kam, die zum Bosjökloster führte, kamen die Armen ihnen entgegen, die Arme voll mit großen Broten und langen Kerzen, die sie am Klostertor erhalten hatten.

Als Abt Hans all diese Weihnachtsvorbereitungen sah, versuchte er sich noch mehr zu beeilen. Er dachte daran, dass auf ihn ein viel größeres Fest wartete, als irgendeiner der anderen feiern würde.

Doch der Laienbruder stöhnte und jammerte, als er sah, wie sie auch auf dem kleinsten Hof die Weihnachtsfeier vorbereiteten. Er wurde immer ängstlicher und flehte Abt Hans an und beschwor ihn, doch umzukehren und sich nicht freiwillig in die Räuberhände zu begeben.

Abt Hans setzte seinen Weg fort, ohne sich um diese Klagen zu kümmern. Er ließ die Höfe der Ebene hinter sich und gelangte in einsame, wilde Waldregionen. Hier wurde der Weg schlechter. Meist war es nur noch ein steiniger, mit Tannennadeln bestreuter Pfad, und weder Brücken noch Stege halfen den Reisenden über Bäche und Flüsse. Je weiter sie kamen, umso kälter wurde es, und nach einer Weile erreichten sie schneebedecktes Land.

Es war eine lange, beschwerliche Reise. Sie bogen ab auf steile, glatte Seitenpfade, zogen über Moor und Sumpf, drangen durch Windbruch und Gestrüpp. Gerade als das Tageslicht abnahm, führte der Räuberjunge sie über eine Waldlichtung, die von hohen Bäumen umgeben war, nackten Laubbäumen und grünen Nadelbäumen. Hinter der Wiese erhob sich eine Bergwand, und in der Bergwand sahen sie eine Tür aus dicken Holzplanken.

Da war Abt Hans klar, dass sie angekommen waren, und er stieg vom Pferd. Das Kind öffnete ihm die schwere Tür, und er blickte in eine armselige Berggrotte mit kahlen Steinwänden. Die Räubermutter saß an einem Lagerfeuer, das mitten im Raum brannte. An den Wänden gab es Lager aus Tannenreisern und Moos, und auf einem von ihnen lag der Räubervater und schlief.

»Kommt herein, ihr da draußen!«, rief die Räubermutter, ohne aufzustehen. »Und nehmt die Pferde mit herein, damit sie nicht in der Nachtkälte erstarren!«

Abt Hans ging daraufhin, ohne zu zögern, in die Höhle hinein, und der Laienbruder folgte ihm. Hier war es armselig und kahl, es waren keinerlei Vorbereitungen getroffen worden, um Weihnachten zu feiern. Die Räubermutter hatte weder gebraut noch gebacken, sie hatte nicht gefegt noch gescheuert. Ihre Kinder lagen um einen Kessel herum und aßen, doch das war kein besonderes Essen, sondern nur ein dünner Wasserbrei.

Dennoch sprach die Räubermutter so stolz und sicher wie eine begüterte Bauersfrau.

»Komm, setz dich hier ans Feuer, Abt Hans, und wärm dich«, sagte sie, »und wenn du etwas zu essen bei dir hast, dann iss es! Denn ich kann mir denken, dass das Essen, das wir hier im Wald kochen, dir nicht schmecken wird. Wenn du müde bist von der

Reise, kannst du dich auf eines der Lager legen und ein wenig schlafen. Du brauchst nicht zu fürchten, du könntest verschlafen. Ich bleibe hier am Feuer sitzen und halte Wache, und ich werde dich wecken, damit du das sehen kannst, weshalb du hierhergekommen bist.«

Abt Hans gehorchte der Räubermutter und holte seinen Proviantsack hervor. Doch er war von der Reise so müde, dass er kaum etwas zu essen vermochte, und sobald er sich auf dem Lager ausstrecken konnte, schlief er ein.

Der Laienbruder wurde ebenfalls aufgefordert, sich auf einem Lager auszuruhen, doch er wagte es nicht, einzuschlafen, er wollte lieber den Räubervater im Auge behalten, damit dieser nicht aufsprang und Abt Hans fesselte. Doch schließlich übermannte die Müdigkeit auch ihn, und er schlief ein. Als er aufwachte, sah er, dass Abt Hans sein Lager verlassen hatte und jetzt am Feuer saß und sich mit der Räubermutter unterhielt. Der vogelfreie Räuber saß auch am Feuer. Er war ein großer, hagerer Mann, der müde und trübsinnig aussah. Er drehte Abt Hans den Rücken zu, und es schien, als wollte er nicht zeigen, dass er dem Gespräch lauschte.

Abt Hans erzählte der Räubermutter von all den Weihnachtsvorbereitungen, die er auf dem Weg gesehen hatte, und er erinnerte sie an Weihnachtsgilden und lustige Weihnachtsspiele, an denen sie in ihrer Jugend doch sicher auch teilgenommen hatte, als sie noch in Frieden unter den Menschen gelebt hatte.

»Es ist ein Jammer, dass eure Kinder nie verkleidet durch die Dorfstraßen laufen oder sich im Weihnachtsstroh tummeln können«, sagte Abt Hans. Die Räubermutter hatte zunächst nur kurz und abweisend geantwortet, doch mit der Zeit wurde sie kleinlauter und hörte interessierter zu. Plötzlich drehte sich der Räubervater Hans zu und hielt dem Abt seine geballte Faust vors Gesicht.

»Du erbärmlicher Mönch, bist du hergekommen, um meine Frau und die Kinder von mir fortzulocken? Weißt du nicht, dass ich vogelfrei bin und nicht aus dem Wald hinausgehen kann?«

Abt Hans schaute ihm unerschrocken ins Gesicht.

»Mein Ziel ist es, vom Erzbischof einen Schutzbrief für dich zu bekommen«, sagte er. Kaum hatte er die Worte ausgesprochen, da begannen der Vogelfreie und seine Frau lauthals zu lachen. Sie wussten wohl nur zu gut, welche Gnade ein Waldräuber von Bischof Absalon zu erwarten hatte.

»Ja, wenn ich einen Schutzbrief von Absalon kriege«, sagte der Räubervater, »dann verspreche ich dir, dass ich niemals wieder auch nur eine einzige Gans stehlen werde.«

Der Laienbruder war verärgert darüber, dass Räuber sich trauten, über Abt Hans zu lachen, doch dieser schien mit dem Verlauf des Gesprächs sehr zufrieden zu sein. Kaum konnte der Laienbruder sich erinnern, dass er den Abt jemals so friedvoll und ruhig unter den Mönchen in Öved hatte sitzen sehen, wie er jetzt bei diesen wilden Räubern saß.

Doch plötzlich stand die Räubermutter auf.

»Du sitzt hier und redest die ganze Zeit, Abt Hans«, sagte sie, »dass wir ganz vergessen, uns den Wald anzusehen. Jetzt kann ich bis hier hören, wie die Weihnachtsglocken läuten.«

Kaum war das gesagt, schon sprangen alle auf und stürzten hinaus. Doch im Wald war immer noch nichts als dunkle Nacht und kalter Winter. Als Einziges war ein entfernter Glockenklang zu vernehmen, der von einem leichten Südwind herangetragen wurde.

Doch als die Glocken einige Zeit geläutet hatten, fuhr plötzlich ein Lichtstreif durch den Wald. Kurz darauf wurde es wieder so dunkel wie zuvor. Doch dann kam das Licht zurück. Es kämpfte sich wie ein leuchtender Nebel zwischen den dunklen Bäumen hindurch. Und es hatte so viel Kraft, dass die Dunkelheit in einen sanften Tagesanbruch überging.

Da sah Abt Hans, dass der Schnee von der Erde verschwand, als hätte jemand einen Teppich weggezogen, und dass die Erde zu grünen begann. Der Farn schob seine Triebe heraus, zusammengerollt wie Bischofsstäbe. Die Heide, die auf dem steinigen

Boden wuchs, und der Heidegagelstrauch, der im Moos verborgen war, kleideten sich schnell in frisches Grün. Die Mooskissen schwollen an und Frühlingsblumen schossen mit dicken Knospen hervor, die bereits Farbe zeigten.

Abt Hans' Herz schlug heftig, als er die ersten Zeichen dafür entdeckte, dass der Wald erwachen wollte. »Soll es mir altem Mann vergönnt sein, so ein Wunder zu sehen?«, dachte er, und die Tränen wollten ihm in die Augen treten.

Dann wurde es wieder so trüb, dass er fürchtete, die Nachtfinsternis könnte von neuem mit aller Macht zurückkommen.

Doch schnell brach eine neue Welle des Lichts hervor. Sie führte ein ganzes Gemurmel von Bächen und dem Rauschen aufgebrochener Wasserfälle mit sich. Da brachen die Blätter der Laubbäume so hastig hervor, als wäre eine Unzahl grüner Schmetterlinge herbeigeflogen und hätte sich auf die Zweige gehockt. Und nicht nur die Bäume und Büsche erwachten. Kreuzschnäbel hüpften auf den Zweigen. Spechte hackten gegen die Stämme, dass die Holzspäne um sie flogen. Ein Schwarm Stare ließ sich auf einem Tannenwipfel nieder, um auszuruhen, bevor er weiterflog. Es waren prächtige Stare. Die Spitze jeder Feder leuchtete strahlend rot, und wenn die Vögel sich bewegten, glitzerten sie wie Edelsteine.

Wieder wurde es für eine Weile dunkler, doch bald kam eine neue Lichtwelle. Ein kräftiger warmer Südwind blies und säte auf der Waldwiese all die kleinen Samen aus den südlichen Ländern aus, die von Vögeln, Schiffen und Winden herbeigetragen worden waren und die wegen der Strenge des Winters nirgendwo anders wachsen konnten, und in dem Moment, in dem sie die Erde trafen, fassten sie sofort Wurzeln und keimten.

Als die nächste Lichtwelle herangebraust kam, begannen das Blaubeerkraut und die Heide zu blühen. Graugänse und Kraniche riefen hoch oben in der Luft, Buchfinken bauten ihre Nester, und Eichhörnchenjunge begannen auf den Baumästen zu spielen.

Jetzt ging plötzlich alles so schnell, dass der Abt Hans nicht darüber nachdenken konnte, welch übermächtiges Wunder es war, das hier geschah. Er hatte kaum genug Zeit, Augen und Ohren zu gebrauchen. Die nächste Lichtwelle, die herangerauscht kam, führte einen Duft von frisch gepflügten Äckern mit sich. In weiter Ferne hörte man die Hirtenmädchen die Kühe locken, und die Glöckchen der Schafe läuteten. Tannen und Kiefern schmückten sich so dicht mit kleinen roten Zapfen, dass die Bäume wie Purpurmäntel leuchteten. Der Wacholder trug Beeren, die jeden Moment ihre Farbe änderten. Und die Waldblumen bedeckten die Erde, dass sie weiß, blau und gelb wurde.

Abt Hans beugte sich zur Erde und brach die Blüte einer Walderdbeere ab. Während er sich aufrichtete, reifte die Beere. Das Fuchsweibchen kam mit einem ganzen Wurf schwarzbeiniger Welpen aus der Höhle. Es ging zur Räubermutter und kratzte an ihrem Kittel, und die Räubermutter beugte sich zu ihm hinab und bewunderte die Jungen. Der Uhu, der gerade mit seiner nächtlichen Jagd begonnen hatte, kehrte heim, erschreckt von dem Licht, flog in seine Felsspalte und schlief ein. Der Kuckuck rief, sein Weibchen schlich um die Nester der kleinen Vögel herum, sein Ei im Schnabel.

Die Kinder der Räubermutter stießen Freudenschreie aus. Sie aßen sich satt an den Waldbeeren, die an den Büschen hingen, groß wie Tannenzapfen. Eines von ihnen spielte mit einer Schar Hasenjungen, ein anderes lief um die Wette mit jungen Krähen, die aus dem Nest hüpften, bevor die Flügel ausgewachsen waren, ein drittes pflückte Farn und wickelte ihn sich um Hals und Arm. Der Räubervater stand draußen auf dem Moos und aß Moltebeeren. Als er aufblickte, lief ein großes, schwarzes Tier neben ihm. Der Räubervater brach einen Weidenzweig ab und schlug dem Bär auf die Nase.

»Bleib in deinem Revier!«, schimpfte er. »Das ist mein Busch.« Da wich der Bär zurück und trottete seines Weges.

Ständig kamen neue Wellen voll Wärme und Licht, und jetzt führten sie Entengeschnatter vom Waldteich mit sich. Gelber

Blütenstaub aus dem Roggenfeld tanzte durch die Luft. Schmetterlinge kamen, so groß, dass sie aussahen wie fliegende Lilien. Der Bau der Bienen in einer hohlen Eiche war bereits so voll mit Honig, dass er den Stamm hinunterlief. Jetzt öffneten sich auch die Blumen, die aus den Samen der fremden Länder gewachsen waren. Die schönsten Rosen kletterten die Berghänge hinauf, als wollten sie die Brombeeren überholen. Aus der Waldlichtung quollen die Blumen hervor, die er für den Bischof Absalon pflücken wollte, doch er zögerte, sie zu brechen. Eine Blume wuchs herrlicher als die andere, und er wollte die allerschönste haben.

Welle für Welle kam, und jetzt war die Luft so von Licht durchdrungen, dass es glitzerte. Die ganze Lust, der Glanz und das Glück des Sommers strahlten um Abt Hans. Ihm schien, die Erde könnte keine größere Freude zeigen als die, die jetzt um ihn herum hervorquoll, und er sagte zu sich selbst: »Ich weiß nicht, was die nächste Welle, die kommen wird, noch an Herrlichkeit mit sich führen kann.«

Doch das Licht strömte weiter heran, und jetzt schien es Abt Hans, als führe es etwas aus unendlichen Fernen mit sich. Er spürte, dass ihn überirdische Luft umgab, und zitternd wuchs in ihm die Erwartung, die reine Himmelsfreude kündige sich an.

Abt Hans merkte, dass alles still wurde: Die Vögel verstummten, die Fuchsjungen spielten nicht mehr, und die Blumen hatten aufgehört zu wachsen. Die Seligkeit, die jetzt nahte, war von einer Art, dass das Herz stillstehen wollte, die Augen weinten, ohne dass man sich dessen bewusst war, die Seele sehnte sich danach, in die Ewigkeit fortzufliegen. Weit in der Ferne waren leise Harfentöne zu hören, und überirdischer Gesang erreichte die Lauschenden wie ein rauschendes Flüstern.

Abt Hans faltete die Hände und sank auf die Knie. Sein Gesicht strahlte vor Seligkeit. Niemals hatte er erwartet, dass es ihm vergönnt sein sollte, bereits in diesem Leben die Freuden des Himmels zu genießen und die Engel Weihnachtslieder singen zu hören.

Doch neben Abt Hans stand der Laienbruder, der ihn begleitet hatte. Finstere Gedanken gingen ihm durch den Kopf. »Das kann kein richtiges Wunder sein, das sich bösen Übeltätern offenbart«, dachte er. »Das kann nicht von Gott kommen, das muss aus dem Bösen entsprungen sein. Das ist durch die böse List des Teufels hergeschickt worden. Das ist die Macht des hässlichen Feindes, die uns verhext und uns zwingt, das zu erblicken, was es gar nicht gibt.«

In der Ferne erklangen Engelharfen und Engelgesang, doch der Laienbruder glaubte, es seien Höllengeister, die nahten.

»Sie wollen uns locken und verführen«, seufzte er, »niemals kommen wir mit heiler Haut hier wieder heraus. Wir werden betört und dem Abgrund verkauft.«

Jetzt waren die Engelscharen so nah, dass Abt Hans helle Gestalten zwischen den Stämmen der Waldesbäume schimmern sah. Und der Laienbruder sah das Gleiche wie er, doch er dachte nur daran, welche Bösartigkeit darin lag, dass die Teufel ihre Künste während der Nacht trieben, in der der Heiland geboren worden war. Und das sicher nur, um die armen Menschen umso einfacher betören zu können.

Die ganze Zeit waren Vögel um Abt Hans' Kopf geflogen, und er hatte sie mit seinen Händen greifen können. Vor dem Laienbruder hatten die Tiere dagegen Angst: Kein Vogel hatte sich auf seine Schulter gesetzt, keine Schlange hatte zu seinen Füßen gespielt. Doch jetzt kam eine kleine Waldtaube angeflogen. Als sie spürte, dass die Engel sich näherten, nahm sie allen Mut zusammen, flog auf die Schulter des Laienbruders und legte ihren Kopf an seine Wange. Da schien ihm, als käme der böse Feind ihm ganz nahe, um ihn zu versuchen und zu verführen. Er schlug mit der Hand nach der Taube und rief mit so lauter Stimme, dass es im Wald widerhallte:

»Fahr zur Hölle, aus der du gekommen bist!«

Gerade in dem Moment waren die Engel so nahe, dass Abt Hans den Luftzug ihrer großen Flügel spüren konnte, und er neigte sich tief zu Boden, um sie zu begrüßen. Doch als die Worte des Laienbruders erklangen, wurde der Engelgesang unterbrochen, und die heiligen Gäste wandten sich zur Flucht. Und auch das Licht und die sanfte Wärme flohen in unsagbarer Angst vor der Kälte und der Finsternis in einem Menschenherzen. Die Nacht sank auf die Erde wie eine Decke, die Kälte kam, die Pflanzen auf der Erde schrumpften, das Laub fiel von den Bäumen, wie Regen raschelnd.

Abt Hans spürte, wie sein Herz, das gerade noch von Seligkeit erfüllt gewesen war, sich jetzt in unerträglichem Schmerz zusammenzog. »Niemals«, dachte er, »werde ich das überleben können, dass die himmlischen Engel mir so nahe waren und vertrieben wurden, dass sie Weihnachtslieder für mich singen wollten und in die Flucht geschlagen wurden.«

Zugleich fiel ihm die Blume ein, die er Bischof Absalon versprochen hatte, und er beugte sich zur Erde und suchte zwischen Moos und Laub, um sie im letzten Moment noch zu pflücken. Doch er spürte, wie die Erde unter seinen Fingern erstarrte und wie der weiße Schnee den Boden bedecken wollte.

Da schmerzte ihn sein Herz noch mehr. Er konnte sich nicht wieder aufrichten, fiel zu Boden und blieb liegen.

Als das Räubervolk und der Laienbruder sich in der tiefen Finsternis ihren Weg zurück zur Räuberhöhle getastet hatten, bemerkten sie, dass Abt Hans nicht bei ihnen war. Sie nahmen Fackeln vom Feuer und gingen hinaus, um ihn zu suchen, und sie fanden ihn tot auf der Schneedecke liegend.

Und der Laienbruder fing an zu jammern und zu weinen. Er begriff, dass er es gewesen war, der Abt Hans getötet hatte, indem er ihm den Freudenbecher entrissen hatte, den zu leeren er sich schon so lange gesehnt hatte.

Als Abt Hans nach Öved hinuntergebracht worden war, sahen die, die den Toten versorgten, dass er seine rechte Hand fest um etwas geschlossen hielt, das er in dem Augenblick seines Todes ergriffen haben musste. Als es ihnen schließlich gelang, die Faust zu öffnen, sahen sie, dass das, was er mit so einer Kraft festhielt, ein paar weiße Wurzelknollen waren, die er aus Moos und Laub herausgerissen hatte. Und als der Laienbruder, der Abt Hans begleitet hatte, diese Wurzeln erblickte, nahm er sie und pflanzte sie in Abt Hans' Kräutergarten.

Er hütete sie das ganze Jahr in Erwartung, dass eine Blüte aus ihnen erwachsen würde, doch er wartete vergebens den Frühling, den Sommer und den Herbst. Als endlich der Winter gekommen war und alle Blätter und Blüten gestorben, achtete er nicht weiter auf sie.

Doch als der Heiligabend kam, wurde seine Erinnerung an Abt Hans so stark, dass er in den Kräutergarten ging, um an ihn zu denken. Und siehe da, als er an der Stelle vorbeiging, wo er die kahlen Wurzelknollen gepflanzt hatte, sah er, dass aus ihnen kräftige grüne Stängel gewachsen waren, die wunderschöne Blüten mit silberweißen Blütenblättern zierten!

Er rief alle Mönche von Öved herbei, und als diese die Pflanze sahen, die am Heiligen Abend blühte, während alle anderen Pflanzen wie tot erschienen, wurde ihnen klar, dass sie wirklich von Abt Hans in dem Weihnachtsgarten im Wald von Göinge gepflückt worden sein musste. Der Laienbruder bat augenblicklich die Mönche um Erlaubnis, einige der Blüten dem Bischof Absalon zu bringen.

Als der Laienbruder vor den Bischof Absalon trat, überreichte er diesem die Blumen und sagte:

»Die schickt dir Abt Hans. Das sind die Blumen, die er im Weihnachtsgarten im Wald von Göinge zu pflücken dir versprochen hat.«

Als der Bischof Absalon die Blumen sah, die im dunklen Winter aus der Erde gekommen waren, und als er die Worte hörte, erbleichte er, als wäre ihm der Tod begegnet. Eine Weile saß er schweigend da, dann sprach er:

»Abt Hans hat sein Wort gehalten, dann will ich auch meines

halten.« Und er ließ einen Schutzbrief für den wilden Räuber aufsetzen, der seit seiner Jugend als Vogelfreier im Wald gehaust hatte.

Er übergab den Brief dem Laienbruder, und dieser fuhr mit ihm davon, in den Wald, und suchte den Weg zur Räuberhöhle. Als er nun am Weihnachtstag dort eintrat, kam der Räuber ihm mit erhobener Axt entgegen.

»Ich werde euch erschlagen, ihr Mönche, ganz gleich, wie viele ihr seid«, sagte er. »Denn es ist ja wohl eure Schuld, dass der Wald von Göinge sich in dieser Nacht nicht ins Weihnachtsgewand gekleidet hat.«

»Das ist einzig und allein meine Schuld«, sagte der Laienbruder, »und ich will gerne deshalb sterben, doch zuerst möchte ich dir eine Botschaft von Abt Hans bringen.« Und er zog den Brief des Bischofs hervor und erklärte dem Mann, dass er nicht mehr verbannt war. »Ab jetzt kannst du mit deinen Kindern im Weihnachtsstroh spielen und Weihnachten unter Menschen feiern, so wie es Abt Hans gewünscht hat«, sagte er.

Da wurde der Räubervater blass und stumm, aber die Räubermutter sprach in seinem Namen:

»Abt Hans hat sein Wort gehalten, da wird auch der Räubervater seines halten.«

Als der Räuber und seine Frau aus der Räuberhöhle ausgezogen waren, zog der Laienbruder dort ein und lebte einsam im Wald, stets flehentlich betend, dass sein hartes Herz ihm vergeben sein möge.

Doch der Wald von Göinge hat nie wieder die Geburtsstunde des Herrn gefeiert, und von all dieser Herrlichkeit lebt nur noch die Pflanze, die Abt Hans pflückte. Sie bekam den Namen *Christrose*, und jedes Jahr zeigt sie ihre weißen Blüten und grünen Stängel zur Weihnachtszeit, als könnte sie niemals vergessen, dass sie einst in dem großen Weihnachtsgarten wuchs.

Hans Christian Andersen

Der Schneemann

»Ah wie das in mir knackt, so wunderbar kalt ist es!«, sagte der Schneemann. »Der Wind beißt einem so richtig Leben ein! Und die Glotzerin da, ah wie die glotzt!«, es war die Sonne, die er meinte; sie ging gerade unter. »Die kriegt mich nicht zum Blinzeln, ich kann meine Brocken noch bei mir behalten!«

Es waren zwei große, dreieckige Dachziegelbrocken, die er als Augen hatte; der Mund war ein Stück von einer alten Harke, darum hatte er Zähne.

Er war unter den Hurrarufen der Jungen zur Welt gekommen und begrüßt worden vom Schellenklang und Peitschenknall von den Schlitten.

Die Sonne ging unter, der Vollmond ging auf, rund und groß, klar und schön in der blauen Luft.

»Da haben wir sie ja schon wieder, von der anderen Seite her!«, sagte der Schneemann. Er meinte, es wäre die Sonne, die sich wieder zeigte. »Das mit dem Glotzen hab ich ihr abgewöhnt! jetzt kann sie da hängen und Licht machen, damit ich mich selber sehen kann. Wenn ich nur wüsste, wie man es anstellt, sich von der Stelle zu bewegen! ich würde mich so gern von der Stelle bewegen! wenn ich das könnte, würde ich jetzt unten auf dem Eis Schlittschuh laufen, wie es die Jungen gemacht haben; aber ich weiß nicht, wie man läuft!«

»Weg! weg!«, kläffte der alte Kettenhund; er war etwas heiser, das war er schon, seit er ein Haushund gewesen war und unterm Kachelofen gelegen hatte. »Die Sonne wird dir das Laufen schon beibringen! ich hab's bei deinem Vorgänger gesehen, im letzten Jahr, und bei seinem Vorgänger auch; weg! weg! und weg sind sie alle!«

»Ich versteh dich nicht, Kamerad!«, sagte der Schneemann; »soll etwa *der* da oben mir das Laufen beibringen?« Er meinte den Mond; »ja die von vorhin ist allerdings gelaufen, als ich sie starr angeguckt habe, jetzt schleicht sie sich von hinten wieder heran!«

»Du hast keine Ahnung!«, sagte der Kettenhund, »aber dich haben sie ja auch gerade erst zusammengekleistert! Was du da jetzt siehst, nennt man Mond, und was weggegangen ist, war die Sonne, morgen früh kommt sie wieder und bringt dir schon noch das Laufen bei, geradewegs in den Wallgraben. Wir kriegen anderes Wetter, das fühle ich in meinem linken Hinterbein, das zieht so. Wir kriegen anderes Wetter!«

»Ich versteh ihn nicht!«, sagte der Schneemann, »aber es kommt mir vor, als wäre es was Unangenehmes, was er sagt. Und diese, die da so geglotzt hat und untergegangen ist, die er Sonne nennt, die ist auch nicht meine Freundin, das hab ich im Gefühl!«

»Weg! weg!«, kläffte der Kettenhund, drehte sich dreimal um sich selber und legte sich dann in seinem Haus schlafen.

Es kam wirklich anderes Wetter. Ein Nebel, ganz dick und klamm, legte sich am frühen Morgen über die ganze Gegend; im Morgengrauen frischte es auf; der Wind war so eisig, der Frost packte richtig zu, aber was war es für ein Anblick, als die Sonne aufging! Alle Bäume und Sträucher waren von Raureif überzogen; es war ein ganzer Wald aus weißen Korallen, es war als wären alle Zweige mit leuchtend weißen Blüten bestreut. Die unendlich vielen und feinen Verästelungen, die man im Sommer vor lauter Blättern nicht sieht, kamen nun alle, alle zum Vorschein; es war wie geklöppelte Spitzen und ganz schimmernd weiß, als strömte ein weißer Glanz aus jedem Zweig. Die Hängebirke bewegte sich im Wind, es war Leben in ihr wie in den Bäumen des Sommers; es war eine unvergleichliche Schönheit!

und als die Sonne dann schien, nein wie funkelte das Ganze, als wäre es mit Diamantenstaub bepudert und als glitzerten die großen Diamanten hin über die Schneedecke der ganzen Erde, man hätte auch glauben können, dass unzählige winzige Lichtlein angezündet wären, weißer noch als der weiße Schnee.

»Das *ist* eine unvergleichliche Schönheit!«, sagte ein junges Mädchen, das mit einem jungen Mann in den Garten hinaustrat und gerade beim Schneemann stehenblieb, von wo aus sie zu den glitzernden Bäumen hinaufsahen. »Etwas Schöneres bekommt man im Sommer nicht zu sehen!«, sagte sie, und ihre Augen strahlten.

»Und so einen Kerl wie den hier gibt's dann schon gar nicht!«, sagte der junge Mann und zeigte auf den Schneemann. »Der ist großartig!«

Das junge Mädchen lachte, nickte dem Schneemann zu und tanzte dann mit ihrem Freund über den Schnee, das knirschte unter ihnen, als liefen sie über gestärkte Laken.

»Wer waren denn die beiden?«, fragte der Schneemann den Kettenhund; »du bist länger auf dem Hof als ich, kennst du die?«

»Das tu ich!«, sagte der Kettenhund. »Sie hat mich ja gestreichelt, und er hat mir einen Knochen mit Fleisch dran gegeben; die beiß' ich nicht!«

»Aber was sind das hier für Leute?«, fragte der Schneemann.

»Verrr–liebte!«, sagte der Kettenhund. »Die ziehen in ihre Hundehütte und nagen die Knochen zusammen ab. Weg! weg!«

»Sind die zwei genauso bedeutend wie du und ich?«, fragte der Schneemann.

»Die gehören ja zur Herrschaft!«, sagte der Kettenhund; »aber man weiß ja so wenig, wenn man erst gestern zur Welt gekommen ist! das merk' ich dir schon an! Ich habe das Alter und die Erfahrung, ich kenne alle hier auf dem Hof! und ich habe eine Zeit gekannt, da stand ich noch nicht hier draußen in der Kälte in Ketten; weg! weg!«

»Kälte ist herrlich!«, sagte der Schneemann. »Erzähl, erzähl!

aber du darfst nicht so mit den Ketten rasseln, dann knackt es in mir!«

»Weg! weg!«, kläffte der Kettenhund. »Welpe war ich; klein und süß, sagten alle, da lag ich in einem Samtsessel da drin im Herrenhaus, lag bei der obersten Herrschaft im Schoß; kriegte Küsse aufs Maul und die Pfoten gewischt, mit einem gestickten Taschentuch; ich hieß ›der Schönste‹ und ›Butzi-tatzi‹, aber dann wurde ich ihnen zu groß! da gaben sie mich der Haushälterin; ich kam in den Keller! Du kannst hineinsehen von da aus, wo du stehst; du kannst in die Kammer gucken, in der ich die Herrschaft war; das war ich nämlich bei der Haushälterin. Das war wohl ein schlechterer Platz als ein Stockwerk höher, aber dafür gemütlicher; ich wurde nicht ständig von Kindern gedrückt und herumgetragen wie oben. Ich hatte genauso gutes Futter wie vorher, nur viel mehr! ich hatte mein eigenes Kissen, und dann war da ein Kachelofen, das war zu der Zeit der schönste auf der ganzen Welt! ich kroch so tief darunter, dass ich ganz verschwunden war. Oh, von dem Kachelofen träum' ich immer noch; weg! weg!«

»Sieht ein Kachelofen so schön aus?«, fragte der Schneemann. »So wie ich?«

»Der ist genau das Gegenteil von dir! pechschwarz ist der! er hat einen langen Hals mit einer Messingtrommel. Der frisst Brennholz, bis ihm das Feuer aus dem Mund schlägt. Man muss sich etwas seitlich davon halten, dicht dran und unten drunter, das ist eine unendliche Gemütlichkeit! Du müsstest ihn eigentlich durchs Fenster sehen können, von da wo du stehst!«

Und der Schneemann sah, und wirklich sah er einen blankpolierten Gegenstand mit Messingtrommel; das Feuer leuchtete unten heraus.

Dem Schneemann wurde es ganz wunderlich zumute; er hatte ein Gefühl, das er sich selber nicht erklären konnte; es überkam ihn etwas, das er nicht kannte, das aber alle Menschen kennen, sofern sie keine Schneemänner sind.

»Und warum hast du sie verlassen?«, fragte der Schneemann.

Er hatte das Gefühl, es müsste ein weibliches Wesen sein. »Wie konntest du bloß so einen Platz verlassen?«

»Dazu war ich sozusagen gezwungen!«, sagte der Kettenhund, »sie haben mich rausgeworfen und mich hier angekettet. Ich hatte den jüngsten Junker in die Haxe gebissen, weil er mir die Haxe weggestoßen hatte, an der ich gerade kaute; und Haxe um Haxe, denke ich! aber das haben sie übel aufgenommen, und seit der Zeit steh ich hier in Ketten, und meine klare Stimme hab ich auch verloren, hör nur wie heiser ich bin: weg! weg! das war das Ende vom Lied!«

Der Schneemann hörte nicht mehr zu; er schaute fortwährend in den Keller der Haushälterin, hinunter in ihre gute Stube, wo der Kachelofen auf seinen vier Eisenbeinen stand und genauso groß zu sein schien wie der Schneemann selber.

»Das knackt so sonderbar in mir!«, sagte er. »Werde ich denn nie da hineinkommen? das ist ein unschuldiger Wunsch, und unsere unschuldigen Wünsche müssen doch bestimmt in Erfüllung gehen. Das ist mein größter Wunsch, mein einziger Wunsch, und es wäre beinahe ungerecht, wenn der nicht in Erfüllung ginge. Ich muss da hinein, ich muss mich zu ihr hinunterbeugen, und wenn ich dabei das Fenster eindrücke!«

»Da kommst du niemals rein!«, sagte der Kettenhund, »und kommst du zum Kachelofen, dann bist du weg! weg!«

»Ich bin ja schon so gut wie weg!«, sagte der Schneemann, »ich glaub', ich breche durch!«

Den ganzen Tag stand der Schneemann da und schaute zum Fenster hinein; in der Dunkelheit wurde die Stube noch einladender; vom Kachelofen leuchtete es so milde herüber, wie der Mond nicht leuchtet und die Sonne schon gar nicht, nein, wie nur ein Kachelofen leuchten kann, wenn etwas in ihm steckt. Wenn sie die Türe auf- und zumachten, schlug die Lohe heraus, das war so eine Angewohnheit; dann glühte es im weißen Gesicht des Schneemanns richtig rot auf, es leuchtete rot bis hinunter zur Brust.

»Ich halt' das nicht aus!«, sagte er. »O wie gut ihr das steht, wenn sie die Zunge herausstreckt!«

Die Nacht war sehr lang, aber nicht für den Schneemann, er stand in seine eigenen schönen Gedanken versunken, und die froren, dass es knackte.

Am frühen Morgen waren die Kellerfenster zugefroren, sie trugen die schönsten Eisblumen, die man als Schneemann nur verlangen konnte, aber sie verbargen den Kachelofen. Das Fensterglas wollte nicht abtauen, er konnte sie nicht sehen. Das knackte, das knirschte, das war ein Frostwetter ganz nach dem Geschmack eines Schneemanns, aber es machte ihm keinen Spaß; er könnte und sollte sich so glücklich fühlen, aber er war nicht glücklich, ihn hatte die Kachelofensehnsucht gepackt.

»Das ist eine schlimme Krankheit für einen Schneemann!«, sagte der Kettenhund; »mich hat's auch ein bisschen erwischt, aber ich hab's überstanden! weg! weg! – Und jetzt kriegen wir anderes Wetter!«

Und es kam anderes Wetter, es schlug in Tauwetter um.

Das Tauwetter nahm zu, der Schneemann nahm ab. Er sagte kein Wort, er klagte nicht, und das ist das richtige Zeichen.

Eines Morgens fiel er um. Da ragte etwas wie ein Besenstiel in die Luft, wo er gestanden hatte, daran hatten die Jungen ihn aufgebaut.

»Jetzt versteh' ich das mit seiner Sehnsucht!«, sagte der Kettenhund, »der Schneemann hatte einen Ofenschaber im Leib! das war es, was sich in ihm gerührt hat, jetzt ist das überstanden; weg! weg!«

Und bald war auch der Winter überstanden.

»Weg! weg!«, kläffte der Kettenhund; aber die kleinen Mädchen auf dem Hof sangen:

»Waldmeister komm! und dufte schön,
Du Weide lass die Kätzchen sehn,
Komm Lerche, sing, denn dieses Jahr

Ist Frühling schon im Februar!
Ich singe mit, kuckuck! piep-piep!
Komm schein auf uns, du Sonne lieb!«

Da denkt keiner an den Schneemann!

Brüder Grimm

Sterntaler

Es war einmal ein kleines Mädchen, dem war Vater und Mutter gestorben, und es war so arm, dass es kein Kämmerchen mehr hatte, darin zu wohnen, und kein Bettchen mehr, darin zu schlafen, und endlich gar nichts mehr als die Kleider auf dem Leib und ein Stückchen Brot in der Hand, das ihm ein mitleidiges Herz geschenkt hatte. Es war aber gut und fromm. Und weil es so von aller Welt verlassen war, ging es im Vertrauen auf den lieben Gott hinaus ins Feld. Da begegnete ihm ein armer Mann, der sprach: »Ach, gib mir etwas zu essen, ich bin so hungerig.« Es reichte ihm das ganze Stückchen Brot und sagte: »Gott segne dir's«, und ging weiter. Da kam ein Kind, das jammerte und sprach: »Es friert mich so an meinem Kopfe, schenk mir etwas, womit ich ihn bedecken kann.« Da tat es seine Mütze ab und gab sie ihm. Und als es noch eine Weile gegangen war, kam wieder ein Kind und hatte kein Leibchen an und fror: Da gab es ihm seins: Und noch weiter, da bat eins um ein Röcklein, das gab es auch von sich hin. Endlich gelangte es in einen Wald, und es war schon dunkel geworden, da kam noch eins und bat um ein Hemdlein, und das fromme Mädchen dachte: »Es ist dunkle Nacht, da sieht dich niemand, du kannst wohl dein Hemd weggeben«, und zog das Hemd ab und gab es auch noch hin. Und wie es so stand und gar nichts mehr hatte, fielen auf einmal die Sterne vom Himmel, und waren lauter harte blanke Taler: Und ob es gleich sein Hemdlein weggegeben, so hatte es ein neues an und das war vom allerfeinsten Linnen. Da sammelte es sich die Taler hinein und war reich für sein Lebtag.

Astrid Lindgren

Pelle zieht aus

Pelle ist böse. Er ist derartig böse, dass er beschlossen hat, von zu Hause wegzuziehen. Man *kann* einfach nicht weiter bei einer Familie wohnen, wo man in dieser Weise behandelt wird.

Das war heute Morgen, als Papa ins Büro gehen wollte und seinen Füllfederhalter nicht finden konnte.

»Pelle, hast du schon wieder meinen Füllfederhalter genommen?« fragte Papa und packte Pelle hart am Arm.

Pelle hatte schon manchmal Papas Füller ausgeliehen. Aber nicht heute. Heute steckte der Füller in Papas brauner Jacke, die im Schrank hing. Pelle war vollkommen unschuldig. Und Papa, der ihn so hart am Arm gepackt hatte? Und Mama? Sie hielt selbstverständlich zu Papa. Das muss jetzt ein Ende haben! Pelle will ausziehen.

Aber wohin? Er kann zur See gehen. Das kann er. Auf das Meer, wo die großen Schiffe und die großen Wellen sind. Dort kann man sterben. Dann soll es denen zu Hause leidtun. Er kann auch nach Afrika fahren, wo wilde Löwen herumlaufen. Wenn Papa dann aus dem Büro nach Hause kommt und wie immer fragt: »Wo ist mein kleiner Pelle?«, dann weint Mama und sagt: »Pelle ist von einem Löwen aufgefressen worden.«

Ja, ja, so geht es, wenn man ungerecht ist!

Aber Afrika ist so weit fort. Pelle würde gern etwas mehr in der Nähe bleiben, damit er sehen kann, wie Papa und Mama nach ihm weinen.

Pelle beschließt deshalb, nach »Herzhausen« zu ziehen. Herzhausen – so nennen sie das kleine rote Häuschen unten im Hof mit dem Herzen in der Tür. Dorthin wird er ziehen. Er fängt sofort an zu packen, seinen Ball, seine Mundharmonika und »Hänschen im Blaubeerwald«. Und dann noch eine Kerze, denn in zwei Tagen ist doch Weihnachten und Pelle will in Herzhausen Weihnachten feiern. Da will er dann sein kleines Licht anzünden und »Ihr Kinderlein kommet« auf der Mundharmonika spielen. Das wird sehr traurig klingen, und es wird bis hinauf zu Mama und Papa zu hören sein.

Pelle zieht sich seinen feinen, hellblauen Mantel und die Handschuhe an und setzt die Pelzmütze auf. Und dann nimmt er die große Papiertüte mit dem Ball und der Mundharmonika und der Kerze in die eine Hand und »Hänschen im Blaubeerwald« in die andere.

Und dann geht er noch einmal durch die Küche, damit Mama sehen kann, dass er jetzt auszieht.

»Aber Pelle, willst du schon ausgehen?« fragt Mama.

Pelle antwortet nicht. Rausgehen, ha! Sie sollte nur wissen!

Mama sieht, dass Pelle eine tiefe Falte auf der Stirn hat und dass seine Augen so dunkel sind.

»Pelle, Liebling, was hast du, wo willst du hin?«

»Ich ziehe um!«

»Wohin denn?« fragt Mama.

»Nach Herzhausen«, sagt Pelle.

»Pelle, das kann doch nicht dein Ernst sein! Wie lange willst du dort wohnen?«

»Immer«, sagt Pelle und legt die Hand auf den Türgriff. »Dann kann Papa ja jemand anders die Schuld geben, wenn sein alter Füller wegkommt.«

»Lieber, guter Pelle«, sagt Mama und schlingt die Arme um ihn. »Willst du nicht doch bei uns bleiben? Wir sind vielleicht manchmal ungerecht, aber wir haben dich doch so lieb – so so lieb.«

Pelle zögert. Aber nur einen Augenblick. Dann schiebt er Mamas Arm beiseite, wirft ihr einen letzten vorwurfsvollen Blick zu und wandert die Treppe hinunter. Mama guckt aus dem Esszimmerfenster und sieht, wie eine kleine, hellblaue Gestalt hinter der Tür mit dem Herzen verschwindet.

Eine halbe Stunde vergeht. Da hört Mama einige schwache Mundharmonikatöne, die von Herzhausen herüberklingen. Es ist Pelle, er spielt »Nun ade, du mein lieb Heimatland«.

Herzhausen ist ein richtig gemütlicher Ort, findet Pelle. Für den Anfang jedenfalls. »Hänschen im Blaubeerwald« und den Ball und die Mundharmonika hat er so hingelegt, dass es so gemütlich wie möglich aussieht. Und die kleine Kerze hat er ins Fenster gestellt. Oh, wie traurig wird es dort am Weihnachtsabend leuchten, falls Papa und Mama zu ihm heruntersehen. Aus dem Esszimmerfenster.

Am Esszimmerfenster steht immer der Weihnachtsbaum. Der Weihnachtsbaum, ach ja. Und – und die Weihnachtsgeschenke. Pelle schluckt.

Nein, er wird keine Weihnachtsgeschenke annehmen von Leuten, die behaupten, dass er Füllfederhalter stiehlt.

Er spielt noch einmal »Nun ade, du mein lieb Heimatland«. Aber die Zeit in Herzhausen wird lang, sehr lang. Was Mama wohl gerade macht? Papa muss wohl inzwischen auch schon nach Hause gekommen sein.

Pelle würde so gern in die Wohnung hinaufgehen und sehen, ob sie sehr weinen. Aber es ist schwer, einen Grund dafür zu finden.

Dann hat er einen Einfall und er öffnet rasch den Riegel an der Tür und geht, nein, läuft beinahe über den Hof und die Treppen hinauf. Mama ist immer noch in der Küche.

»Mama«, sagt Pelle, »wenn für mich Weihnachtskarten kommen sollten, sagst du dann wohl dem Briefträger, dass ich ausgezogen bin?«

Mama verspricht, es zu tun. Pelle geht zögernd wieder zur Tür. Seine Füße fühlen sich so schwer an.

»Pelle«, sagt Mama mit ihrer weichen Stimme. »Pelle – aber

was sollen wir mit deinen Weihnachtsgeschenken machen? Sollen wir die nach Herzhausen hinunterschicken, oder kommst du herauf und holst sie?«

»Ich will keine Weihnachtsgeschenke haben«, sagt Pelle mit zitternder Stimme.

»Oh, Pelle«, sagt Mama. »Das wird aber ein trauriger Heiligabend. Kein Pelle, der die Kerzen am Tannenbaum anzündet, kein Pelle, der dem Weihnachtsmann die Tür aufmacht … Alles, alles ohne Pelle …«

»Ihr könnt euch ja einen anderen Jungen anschaffen«, sagt Pelle mit zitternder Stimme.

»Nie im Leben!« sagt Mama. »Pelle oder keinen! Wir haben doch nur unseren Pelle so furchtbar lieb.«

»Ach so«, sagt Pelle mit noch mehr Zittern in der Stimme.

»Papa und ich, wir werden hier herumsitzen und den ganzen Heiligabend weinen. Wir werden nicht einmal die Lichter anzünden. Oh, wie werden wir weinen.«

Da lehnt Pelle den Kopf an die Küchentür und weint auch, er weint so herzzerreißend, so laut, so durchdringend – so schrecklich! Denn er hat solches Mitleid mit Papa und Mama. Und als Mama ihre Arme um ihn legt, bohrt er sein Gesicht an ihren Hals und weint noch mehr, so sehr, dass Mama ganz nass wird.

»Ich verzeihe euch«, sagt Pelle zwischen den Schluchzern.

»Danke, lieber Pelle«, sagt Mama.

Viele, viele Stunden später kommt Papa aus dem Büro nach Hause und ruft wie immer bereits in der Diele:

»Wo ist mein kleiner Pelle?«

»Hier!« schreit Pelle und wirft sich ihm in die Arme.

Anonym

Väterchen Frost

Es waren einmal ein alter Mann und eine alte Frau, die hatten drei Töchter. Die Frau konnte die älteste nicht leiden, denn sie war ihre Stieftochter. Sie zankte mit ihr, weckte sie früh und lastete ihr alle Arbeit auf. Das Mädchen musste das Vieh tränken und füttern, Holz und Wasser tragen, den Ofen heizen und Kleider nähen. Sie musste die Hütte stets vor Tagesanbruch fegen und in Ordnung bringen. Die Alte war aber trotzdem immer unzufrieden und brummte: »Wie faul und unordentlich, der Besen steht nicht an seinem Platz, dies fehlt und jenes, und die Hütte ist schmutzig.«

Das Mädchen weinte und schwieg dazu, sie versuchte alles, um die Stiefmutter zufriedenzustellen und ihren Töchtern behilflich zu sein. Die Töchter machten es aber wie die Mutter, sie kränkten Marfuschka, stritten mit ihr, und wenn sie darüber weinte, so war es ihnen recht. Sie selbst standen spät auf, wuschen sich in dem vorbereiteten Wasser, trockneten sich mit reinen Handtüchern ab und machten sich erst an die Arbeit, wenn es zum Essen ging.

So wuchsen die Mädchen heran und wurden reif zur Ehe.

Rasch erzählt man, langsam erlebt man.

Dem Alten tat seine Tochter leid; er liebte sie, weil sie gehorsam war und arbeitsam: niemals war sie eigensinnig, immer tat sie, was man ihr auftrug, ohne ein Wort der Widerrede. Der Alte konnte aber dem Jammer nicht abhelfen, er war schwächlich, die Alte zänkisch und die Töchter faul und störrisch.

Die Alten überlegten: er, wie die Töchter zu verheiraten seien, und sie, wie man die älteste loswerden könnte. Eines Tages sagte die Alte zu ihm: »Alter! Verheiraten wir Marfuschka!« – »Gut!«, sagte er und stieg auf den Herd.

Die Alte folgte ihm nach und sprach: »Steh morgen früh auf, spanne das Pferd vor den Holzschlitten und fahre mit Marfuschka fort. Du, Marfuschka, sammle dein Hab und Gut in ein Körbchen, ziehe ein reines Hemd an, morgen fährst du auf Besuch.«

Die gute Marfuschka war froh über das Glück und schlief die ganze Nacht süß. Frühmorgens stand sie auf, wusch sich, betete, packte alles ordentlich ein und schmückte sich. Das Mädchen war so schön, wie man noch kein Bräutchen gesehen.

Es war Winter, und es herrschte ein grimmiger Frost. Vor Morgengrauen stand der Alte auf, spannte das Pferd vor den Schlitten und führte es vor das Haus. Er selbst ging hinein, setzte sich auf die Bank und sagte: »Nun habe ich alles vorbereitet.« – »Setzt euch an den Tisch und esst«, sagte die Alte.

Der Brotkorb stand auf dem Tisch, und er nahm ein Brot heraus, das er mit seiner Tochter teilte. Die Stiefmutter brachte mittlerweile alte Suppe und sagte: »Nun, Liebchen, iss und fort mit dir, ich musste dich lange genug ansehen! Alter, führe Marfuschka zu ihrem Bräutigam, aber gib auf den Weg acht, alter Narr, fahre erst die gerade Straße hinunter und dann biege rechts in den Wald ein – weißt du, gerade bei der großen Fichte, die auf dem Hügel steht, dort übergib Marfuschka dem Frost.«

Der Alte riss die Augen auf, sperrte den Mund auf, hörte auf zu kauen, und das Mädchen heulte. »Was gibt es da zu jammern! Der Bräutigam ist ja schön und reich! Seht nur, wie viel Gut er hat: alle Tannen und Fichten glitzern, und die Birken sind voll Flaum. Ein herrlicheres Leben gibt es kaum, und er selber ist ein starker Held.«

Der Alte sammelte schweigend alle Habseligkeiten zusammen, befahl der Tochter, ihr Schafpelzchen anzuziehen, und machte sich auf den Weg. Ob die Reise kurz war oder lang, ist mir wirklich nicht bekannt.

Rasch erzählt man, langsam erlebt man.

Endlich erreichten sie die Fichte, bogen vom Weg ab – da stürmte gerade der Schnee. In der Einöde machte der Alte halt, befahl der Tochter auszusteigen, setzte ihr Körbchen unter eine ungeheure Fichte und sagte: »Setz dich hierher, erwarte den Bräutigam und empfang ihn nur ja freundlich.« Daraufhin wandte er sein Pferd um und fuhr nach Hause.

Das Mädchen saß da und zitterte, Kälte durchschauerte sie. Sie wollte weinen, doch ihr fehlte die Kraft, nur die Zähne schlugen zusammen. Plötzlich hörte sie von ferne den Frost auf einer Tanne knarren, er sprang von Tanne zu Tanne und pfiff. Endlich war er hoch oben auf der Fichte, unter der das Mädchen saß, und er fragte: »Mädchen, ist dir warm?« – »Ach ja, Väterchen Frost!«

Der Frost ließ sich tiefer herab, knarrte und pfiff noch etwas mehr als vorher: »Mädchen, sag, schönes Mädchen, ist dir warm?« Dem Mädchen verging fast der Atem, aber sie sagte noch: »Warm ist mir, Väterchen Frost.«

Da knirschte der Frost noch mehr und pfiff: »Ist dir warm, Mädchen, ist dir warm, schönes Kind, ist dir warm, mein Herzchen?« Das Mädchen war fast erstarrt und sagte kaum hörbar: »Warm, Väterchen.« Da hatte der Frost Erbarmen und hüllte das Mädchen in Pelze und wärmende Decken ein.

Am nächsten Morgen sagte die Alte zu ihrem Mann: »Geh, alter Narr, und wecke das junge Paar.« Der Alte spannte sein Pferd vor den Schlitten und fuhr zu seiner Tochter. Er fand sie am Leben, eingehüllt in einen schönen Pelz und in ein seidenes Tuch, und schöne Geschenke lagen in ihrem Körbchen. Ohne ein Wort zu sagen, legte der Alte alles in seinen Schlitten, stieg mit der Tochter ein und fuhr nach Hause. Dort fiel das Mädchen der Stiefmutter zu Füßen.

Die Alte wunderte sich sehr, als sie das Mädchen am Leben sah und den neuen Pelz und den Korb voll Wäsche. »Eh, mich betrügst du nicht!«, sagte sie.

Nach einigen Tagen sagte die Alte: »Führe meine Töchter zum Bräutigam, er wird sie noch ganz anders beschenken.«

Langsam erlebt man, schnell erzählt man! Am Morgen weckte die Alte ihre Töchter, schmückte sie, wie es sich zur Hochzeit schickt, und ließ sie ziehen.

Der Alte fuhr denselben Weg und ließ die Mädchen bei derselben Fichte zurück.

Die Mädchen saßen und lachten. »Was fällt Mütterchen ein, uns plötzlich beide zu verheiraten? Als wären bei uns im Dorf nicht Burschen genug! Wer weiß, was hier für ein Teufel kommt!«

Die Mädchen hatten große Pelze an, aber trotzdem nagte die Kälte an ihnen. »Paracha, mir läuft der Frost über die Haut, wenn die Erwählten nicht bald kommen, erfrieren wir.« – »Unsinn, Mascha, seit wann kommt ein Bräutigam so früh, jetzt ist erst Mittag.« – »Paracha, wenn nur einer kommt, wen wird er da nehmen?« – »Dich nicht, du Gans.« – »Dich etwa?« – »Gewiss.« – »Lass dich nicht auslachen!«

Der Frost nagte den Mädchen an den Händen. Sie versteckten ihre Hände im Pelz und begannen neuerdings: »Du verschlafener Fratz, du böse Pest, du Lästermaul. Spinnen kannst du nicht, und ans Beten denkst du gar nicht.« – »O du Prahlerin, was kannst denn du? In den Spinnstuben herumlaufen und tratschen. Warten wir es ab, wen er nimmt.« So stritten die Mädchen und froren ernstlich. »Ei, bist du blau geworden!«, sagten sie einstimmig.

Weit weg knarrte der Frost, sprang von Tanne zu Tanne und pfiff. Den Mädchen schien, als käme jemand gefahren. »Hui, Paracha, er kommt mit Glöckchen gefahren!« – »Geh weg, Närrin, mich schüttelt der Frost.« – »Aber heiraten willst du doch?«

Sie bliesen auf ihre Finger. Der Frost kam näher und näher, endlich ließ er sich auf der Fichte über den Mädchen nieder. »Ist euch warm, Mädchen, ist euch warm, schöne Täubchen?« – »Ach, Frost, uns ist so kalt, wir sind fast erfroren. Wir erwarten den Bräutigam, und der Teufel kommt nicht!«

Der Frost ließ sich tapfer herab und knarrte und pfiff noch

mehr: »Ist euch warm, Mädchen, ist euch warm, meine Schönen?« – »Geh zum Teufel! Bist du blind, Hände und Füße sind uns schon abgefroren.« Da ließ sich der Frost noch näher herab, schlug fest zu und fragte: »Mädchen, ist euch warm?« – »Geh zu allen Teufeln ins Wasser und faule, Verfluchter!«

Da waren die Mädchen erstarrt.

Am Morgen sagte die Alte zu ihrem Mann: »Spanne ein, nimm Heu in den Schlitten und warme Decken, den Mädchen wird kalt sein. Ein starker Wind ist draußen! Mach flink, alter Narr!«

Der Alte ließ sich kaum Zeit zum Frühstück und fuhr fort. Als er zu den Töchtern kam, waren sie tot. Er lud sie auf den Schlitten, schlug sie in die Decken ein, legte das Heu darüber und kehrte heim.

Die Alte sah ihn von weitem kommen und lief ihm entgegen: »Wo sind die Kinder?« – »Im Schlitten.«

Die Alte stieß das Heu beiseite, hob die Decken auf und fand die Kinder tot. Da ging sie wie ein Gewitter über den Alten nieder und schimpfte: »Was hast du alter Hund getan? Mit meinen Töchterchen, meinen eigenen, süßen Sprösslingen, meinen roten Beerchen? Ich erschlage dich mit dem Besenstiel, mit dem Feuerhaken erschlage ich dich!« – »Ruhig, alte Hexe, dich lockte der Reichtum, aber deine Töchter waren widerspenstig. Ich bin nicht schuld, du wolltest es selbst!«

Die Alte war zornig und zankte noch lange, versöhnte sich aber später mit der Stieftochter, und so lebten sie gut und mit Bedacht, an das Böse wurde nicht mehr gedacht. Ein Nachbar kam und freite und hielt mit Marfuschka Hochzeit. Es ging ihr gut. Der Alte nahm die Enkel in seine Hut, schüchterte mit dem Frost sie ein und hieß sie willig und fleißig sein.

Ich war bei der Hochzeit, trank Honigbier. Es kam mir nicht in den Mund, nur über den Schnurrbart floss es mir.

Ludwig Bechstein

Schneeweißchen

Es war einmal eine Königin, die hatte keine Kinder und wünschte sich eins, weil sie so ganz einsam war. Da sie nun eines Tages an einer Stickerei saß, und den Rahmen von schwarzem Ebenholz betrachtete, während es schneite und Schneeflocken vom Himmel fielen, war sie in so tiefen Gedanken, dass sie sich heftig in den Finger stach, so dass drei Blutstropfen auf den weißen Schnee fielen; und da musste sie wieder daran denken, dass sie kein Kind hatte. »Ach!« seufzte die Königin, »hätte ich doch ein Kind, so rot wie Blut, so weiß wie Schnee, so schwarz wie Ebenholz!«

Und nach einer Zeit bekam diese Königin ein Kind, ein Mägdlein. Das war so weiß wie Schnee an seinem Leibe, und seine Wangen blüheten wie blutrote Röselein, und seine Haare waren so schwarz wie Ebenholz. Die Königin freute sich, nannte das Kind Schneeweißchen, und bald darauf starb sie. Da der König nun ein Witwer geworden war und kein Witwer bleiben wollte, so nahm er sich eine andere Gemahlin, das war ein stattliches Weib voll hoher Schönheit, aber auch voll unsaglichen Stolzes, und auch so eitel, dass sie sich für die schönste Frau in der ganzen Welt hielt. Dazu war sie zumal durch einen Zauberspiegel verleitet, der sagte ihr immer, wenn sie hineinsah und fragte:

»Spieglein, Spieglein an der Wand,
Wer ist die Schönste im ganzen Land?«
»Ihr, Frau Königin, seid die Schönst' im Land.«

Und der Spiegel schmeichelte doch nicht, sondern sagte die Wahrheit, wie jeder Spiegel.

Das kleine Schneeweißchen, der Königin Stieftochter, wuchs heran und wurde die schönste Prinzessin, die es nur geben konnte, und wurde noch viel schöner, wie die schöne Königin. Diese fragte, als das Schneeweißchen sieben Jahre alt war, einmal wieder ihren treuen Spiegel:

»Spieglein, Spieglein an der Wand,
Wer ist die Schönst' im ganzen Land?«

aber da antwortete der Spiegel nicht wie sonst, sondern er antwortete:

»Frau Königin, Ihr seid die Schönste hier,
Aber Schneeweißchen ist tausendmal schöner als Ihr.«

Darüber erschrak die Königin zum Tode, und war ihr, als kehre sich ihr ein Messer im Busen um, und da kehrte sich auch ihr Herz um gegen das unschuldige Schneeweißchen, das nichts zu seiner übergroßen Schönheit konnte. Und weil sie weder Tag noch Nacht Ruhe hatte vor ihrem bösen neidischen Herzen, so berief sie ihren Jäger zu sich und sprach: »Dieses Kind, das Schneeweißchen, sollst du in den dichten Wald führen, und es töten. Bringe mir Lunge und Leber zum Wahrzeichen, dass du mein Gebot vollzogen!«

Und da musste das arme Schneeweißchen dem Jäger in den wilden Wald folgen, und im tiefen Dickicht zog er seine Wehr und wollte das Kind durchstoßen. Das Schneeweißchen weinte jämmerlich und flehte, es doch leben zu lassen, es habe ja nichts verbrochen, und die Tränen und der Jammer des unschuldigen Kindes rührten den Jäger auf das innigste, so dass er bei sich dachte: Warum soll ich mein Gewissen beladen, und dies schöne unschuldige Kind ermorden? Nein, ich will es lieber laufen lassen! Fressen es die wilden Tiere, wie sie wohl tun werden, so mag das die Frau Königin vor Gott verantworten. Und da ließ er Schneeweißchen laufen, wohin es wollte, fing ein junges Wild, stach es ab, und weidete es aus, und brachte Lunge und Leber der bösen Königin. Die nahm beides und briet es in Salz und Schmalz und verzehrte es, und war froh, dass sie, wie sie vermeinte, nun wieder allein die Schönste sei im ganzen Lande. Schneeweißchen im Walde wurde bald angst und bange, wie es so mutterseelenallein durch das Dickicht schritt, und wie es zum ersten Male die harten spitzen Steine fühlte, wie die Dornen ihm das Kleid zerrissen, und vollends, als es zum ersten Male wilde Tiere sah. Aber die wilden Tiere taten ihm gar nichts zu Leide; sie sahen Schneeweißchen an, und fuhren wieder in die Büsche. Und das Mägdlein ging den ganzen Tag und ging über sieben Berge.

Des Abends kam Schneeweißchen an ein kleines kleines Häuschen mitten im Walde, da ging es hinein, sich auszuruhen, denn es war sehr müde, war auch sehr hungrig und sehr durstig. Darinnen in dem kleinen kleinen Häuschen war alles gar zu niedlich und zierlich und dabei sehr sauber. Es stand ein kleines Tischlein in der Stube, das war schneeweiß gedeckt, und darauf standen und lagen sieben Tellerchen, auf jedem ein wenig Gemüse und Brot, sieben Löffelchen, sieben Paar Messerchen und Gäbelchen, sieben Becherchen. Und an der Wand standen sieben Bettchen, alle blütenweiß überzogen. Da aß nun das hungrige Schneeweißchen von den sieben Tellerchen, nur ein kleinwenig von jedem, und trank aus jedem Becherchen ein Tröpflein Wein. Dann legte es sich in eins der sieben Bettchen, um zu ruhen, aber das Bettchen war zu klein, und sie musste es in einem andern probieren, doch wollte keins recht passen, bis zuletzt das siebente, das passte, da hinein schlüpfte Schneeweißchen, deckte sich zu, betete zu Gott, und schlief ein, tief und fest, wie fromme Kinder, die gebetet haben, schlafen.

Derweil wurde es Nacht, und da kamen die Häuschensherren,

sieben kleine Bergmännerchen, jedes mit einem brennenden Grubenlichtchen vorn am Gürtel, und da sahen sie gleich, dass eins da gewesen war. Der erste fing an zu fragen: »Wer hat auf meinem Stühlchen gesessen?« Der zweite fragte: »Wer hat von meinem Tellerchen gegessen? « Der dritte fragte: »Wer hat von meinem Brötchen gebrochen? « Der vierte: »Wer hat von meinem Gemüslein geleckt?« Der fünfte: »Wer hat mit meinem Messerchen geschnitten?« Der sechste: »Wer hat mit meinem Gäbelchen gestochen?« und der siebente fragte: »Wer hat aus meinem Becherchen getrunken?« Wie die Zwerglein also gefragt hatten, sahen sie sich nach ihren Bettchen um, und fragten: »Wer hat in unsern Bettchen gelegen?« bis auf den siebenten, der fragte nicht so, sondern: »Wer liegt in meinem Bettchen?« denn da lag das Schneeweißchen darin. Da leuchteten die Bergmännerchen mit ihren Lämpchen alle hin, und sahen mit Staunen das schöne Kind, und störten es nicht, sondern sie ließen den siebenten in ihren Bettchen liegen, in jedem ein Stündchen, bis die Nacht herum war. Da nun der Morgen mit seinen frühen Strahlen in das kleine kleine Häuschen der Zwerglein schien, wachte Schneeweißchen auf, und fürchtete sich vor den Zwergen. Die waren aber ganz gut und freundlich und sagten, es solle sich nicht fürchten, und fragten, wie es heiße? Da sagte und erzählte nun Schneeweißchen alles, wie es ihm ergangen sei. Darauf sagten die Zwergmännerchen: »Du kannst bei uns in unserm Häuschen bleiben, Schneeweißchen, und kannst uns unsern Haushalt führen, kannst uns unser Essen kochen, unsre Wäsche waschen, und alles hübsch rein und sauber halten, auch unsre Bettchen machen.« Das war Schneeweißchen recht, und es hielt den Zwergen Haus. Die taten am Tage ihre Arbeit in den Bergen, tief unter der Erde, wo sie Gold und Edelsteine suchten und abends kamen sie und aßen, und legten sich in ihre sieben Bettchen.

Unterdessen war die böse Königin froh geworden in ihrem argen Herzen, dass sie nun wieder die Schönste war, wie sie meinte, und versuchte den Spiegel wieder, und fragte ihn:

»Spieglein, Spieglein an der Wand,
Wer ist die Schönst' im ganzen Land?«

Da antwortete ihr der Spiegel:

»Frau Königin! Ihr seid die Schönste hier,
Aber Schneeweißchen über den sieben Bergen,
Bei den sieben guten Zwergen,
Das ist noch tausendmal schöner als Ihr!«

Das war wiederum ein Dolchstich in das eitle Herz der Frau Königin, und sie sann nun Tag und Nacht darauf, wie sie dem Schneeweißchen ans Leben käme, und endlich fiel ihr ein, sich verkleidet selbst zu Schneeweißchen aufzumachen, und sie verstellte ihr Gesicht, und zog geringe Kleider an, nahm auch einen Allerhandkram, und ging über die sieben Berge, bis sie an das kleine kleine Häuschen der Zwerge kam. Da klopfte sie an die Türe und rief: »Holla! Holla! Kauft schöne Waren!« Die Zwerge hatten aber dem Schneeweißchen gesagt, es solle sich vor fremden Leuten in Acht nehmen, vornehmlich vor der bösen Königin. Deshalb sah das Mägdlein vorsichtig heraus, da sah sie den schönen Tand, den die Frau zu Markte trug, die schönen Halsketten und Schnüre und allerlei Putz. Da dachte Schneeweißchen nichts Arges und ließ die Krämerin herein und kaufte ihr eine schöne Halsschnur ab, und die Frau wollte ihr zeigen, wie diese Schnur umgetan würde, und schnürte ihm von hinten den Hals so zu, dass Schneeweißchen gleich der Odem ausging, und es tot hinsank. »Da hast du Lohn für deine übergroße Schönheit!«, sprach die böse Königin, und hob sich von dannen.

Bald darauf kamen die sieben Zwerglein nach Hause, und da fanden sie ihr schönes liebes Schneeweißchen tot und sahen, dass es mit der Schnur erdrosselt war. Geschwinde schnitten sie die Schnur entzwei, und träufelten einige Tropfen von der Goldtinktur auf Schneeweißchens blasse Lippen, da begann es leise zu atmen und wurde allmählich wieder lebendig. Als es nun erzählen konnte, erzählte es, wie die alte Krämersfrau ihr den Hals so böslich zugeschnürt, und die Zwerge riefen: »Das war kein anders Weib, als die falsche Königin! Hüte dich, und lasse gar keine Seele in das kleine Häuschen, wenn wir nicht da sind.«

Die Königin trat, als sie von ihrem schlimmen Gange wieder nach Hause kam, gleich vor ihren Spiegel, und fragte ihn:

»Spieglein, Spieglein an der Wand,
Wer ist die Schönst' im ganzen Land?«

und der Spiegel antwortete:

»Frau Königin! Ihr seid die Schönst' allhier,
Aber Schneeweißchen über den sieben Bergen,
Bei den sieben guten Zwergen,
Das ist doch noch tausendmal schöner als Ihr.«

Da schwoll der Königin das Herz vor Zorn, wie einer Kröte der Bauch, und sie sann wieder Tag und Nacht auf Schneeweißchens Verderben. Bald nahm sie wieder die falsche Gestalt einer andern Frau an, durch Verstellung ihres Gesichts und fremdländische Kleidung, machte einen vergifteten Kamm, den tat sie zu anderm Kram, und ging wieder über die sieben Berge, an das kleine kleine Zwergenhäuslein. Dort klopfte sie wieder an die Türe, rief: »Holla! Holla! Kauft schöne Waren! Holla!« Schneeweißchen sah zum Fenster heraus und sagte: »Ich darf niemand hereinlassen!« Das Kramweib aber rief: »Schade um die schönen Kämme!« Und dabei zeigte sie den giftigen, der ganz golden blitzte. Da wünschte sich Schneeweißchen von Herzen einen goldenen Kamm, dachte nichts Arges, öffnete die Türe und ließ die Krämerin herein, und kaufte den Kamm.

»Nun will ich dir auch zeigen, mein allerschönstes Kind, wie der Kamm durch die Haare gezogen und wie er gesteckt wird«, sprach die falsche Krämerin, und strich dem Schneeweißchen damit durchs Haar, da wirkte gleich das Gift, dass das arme Kind umfiel und tot war. »So, nun wirst du wohl das Wiederaufstehen vergessen«, sprach die böse Königin, und entfloh aus dem Häuschen.

Bald darauf – und das war ein Glück – wurde es Abend, und da kamen die sieben Zwerge wieder nach Hause, fanden das arme Schneeweißchen für tot, und fanden in seinem schönen Haar den giftigen Kamm. Diesen zogen sie geschwind aus dem Haar, und träufelten dem Schneeweißchen wieder von dem goldnen Lebensbalsam auf die Lippen, und da kam es wieder zu sich. Und die Zwerglein warnten es aufs Neue gar sehr, doch ja niemand ins Häuschen zu lassen.

Daheim trat die böse Königin wieder vor ihren Spiegel und fragte ihn:

»Spieglein, Spieglein an der Wand,
Wer ist die Schönst' im ganzen Land?«

Und der Spiegel antwortete:

»Frau Königin! Ihr seid die Schönst' allhier,
Aber über den sieben Bergen,
Bei den sieben guten Zwergen
Ist Schneeweißchen – tausendmal schöner als Ihr.«

Da wusste sich die Königin vor giftiger Wut darüber, dass alle ihre bösen Ränke gegen Schneeweißchen nichts fruchteten, gar nicht zu lassen und zu fassen, und tat einen schweren Fluch, Schneeweißchen müsse doch sterben, und solle es ihr, der Königin, selbst das Leben kosten. Und darauf machte sie heimlich einen schönen Apfel giftig, aber nur auf einer Seite, wo er am schönsten war, nahm dazu noch einen Korb voll gewöhnlicher Äpfel, verstellte ihr Gesicht, kleidete sich wie eine Bäuerin, ging abermals über die sieben Berge und klopfte am Zwergenhäuslein an, indem sie rief: »Holla! Schöne Äpfel kauft! kauft!« Schneeweißchen sah zum Fensterchen heraus, und sagte: »Geht fort, Frau! Ich darf nicht öffnen und auch nichts kaufen!«

»Auch gut, liebes Kind!«, sprach die falsche Bäuerin. »Ich werde auch ohne dich meine schönen Äpfel noch alle los! Da hast du einen umsonst!«

»Nein, ich danke schön, ich darf nichts annehmen!«, rief Schneeweißchen. »Denkst wohl gar, der Apfel wäre vergiftet? Siehst du, da beiße ich selber hinein! Das schmeckt einmal gut! So hast du in deinem ganzen Leben keinen Apfel gegessen.« Dabei biss das trügerische Weib in die Seite des Apfels, die nicht vergiftet war, und da wurde Schneeweißchen lüstern, und griff nach dem Apfel hinaus, und die Bäuerin reichte ihn hin und blieb stehen. Kaum hatte Schneeweißchen den Apfel auf der andern Seite angebissen, wo er ein schönes rotes Bäckchen hatte, so wurden Schneeweißchens rote Bäckchen ganz blass, und es fiel um und war tot.

»Nun bist du aufgehoben, Ding!«, sprach die Königin und ging fort, und zu Hause trat sie vor den Spiegel und fragte wieder:

»Spieglein, Spieglein an der Wand,
Wer ist die Schönst' im ganzen Land?«

und der Spiegel antwortete dieses Mal:

»Ihr, Frau Königin, seid allein die Schönst' im Land!«
Nun war das Herz der bösen Königin zufrieden, so weit ein Herz voll Bosheit und Tücke und Mordschuld zufrieden sein kann.

Aber wie erschraken die sieben guten Zwerge, als sie abends nach Hause kamen, und ihr Schneeweißchen ganz tot fanden. Vergebens suchten sie nach einer Ursache, und vergebens versuchten sie die Wunderkraft ihrer Goldtinktur, Schneeweißchen war und blieb jetzt tot.

Da legten die betrübten Zwerglein das liebe Kind auf eine

Bahre, und setzten sich darum herum, und weinten drei Tage lang, hernach wollten sie es begraben. Aber da Schneeweißchen noch nicht wie tot aussah, sondern noch frisch wie ein Mägdlein, das schläft, so wollten sie es nicht in die schwarze Erde senken, sondern sie machten einen schönen Sarg von Glas, da hinein legten sie es, und schrieben darauf: SCHNEEWEISSCHEN, EINE KÖNIGSTOCHTER – und setzten dann den Sarg auf einen von den sieben Bergen, und hielt immer einer von ihnen Wache bei dem Sarge. Da kamen auch die Tiere aus dem Walde, und weinten über Schneeweißchen, die Eule, der Rabe und das Täubelein.

Und so lag Schneeweißchen lange Jahre in dem Sarge, ohne dass es verweste, vielmehr sah es noch so frisch und weiß aus wie frischgefallener Schnee, und hatte wieder rote Wängelein, wie frische Blutröschen, und die schwarzen ebenholzfarbenen Haare. Da kam ein junger schöner Königssohn zu dem kleinen Zwergenhäuslein, der sich verirrt hatte in den sieben Bergen, und sah den gläsernen Sarg stehen und las die Schrift darauf; SCHNEEWEISSCHEN, EINE KÖNIGSTOCHTER – und bat die Zwerge, ihm doch den Sarg mit Schneeweißchen zu überlassen, er wolle denselben ihnen abkaufen.

Die Zwerge aber sprachen: »Wir haben Goldes die Fülle, und brauchen deines nicht! Und um alles Gold in der Welt geben wir den Sarg nicht her.« »So schenkt ihn mir!«, bat der Königssohn. »Ich kann nicht sein ohne Schneeweißchen, ich will es aufs höchste ehren und heilig halten, und es soll in meinem schönsten Zimmer stehen; ich bitte euch darum!«

Da wurden die Zwerglein von Mitleid bewegt, und schenkten ihm Schneeweißchen in seinem gläsernen Sarge. Den gab er seinen Dienern, dass sie ihn vorsichtig forttrügen, und er folgte sinnend nach. Da stolperte der eine Diener über eine Baumwurzel, dass der Sarg schütterte, und hätten ihn beinahe fallen lassen, und durch das Schüttern fuhr das giftige Stückchen Apfel, das Schneeweißchen noch im Munde hatte (weil es umgefallen war, ehe es den Bissen verschluckt), heraus, und da war es mit einem Male wieder lebendig.

Geschwind ließ es der Königssohn niedersetzen, öffnete den Sarg und hob es mit seinen Armen heraus, und erzählte ihm alles, und gewann es nun erst recht lieb, und nahm es zu seiner Gemahlin, führte es auch gleich in seines Vaters Schloss, und wurde zur Hochzeit zugerüstet mit großer Pracht, auch viele hohe Gäste wurden geladen, darunter auch die böse Königin. Die putzte sich auf das allerschönste, trat vor ihren Spiegel, und fragte wieder:

»Spieglein, Spieglein an der Wand,
Wer ist die Schönst' im ganzen Land?«

darauf antwortete der Spiegel:

»Frau Königin, Ihr seid die Schönst' allhier,
Aber die junge Königin ist noch tausendmal schöner als Ihr!«

Da wusste die Königin nicht, was sie vor Neid und Scheelsucht sagen und anfangen sollte, und es wurde ihr ganz bange ums Herz, und wollte erst gar nicht auf die Hochzeit gehen; dann wollte sie aber doch die sehen, die schöner sei, als sie, und fuhr hin. Und wie sie in den Saal kam, trat ihr Schneeweißchen als die allerschönste Königsbraut entgegen, die es jemals gegeben, und da mochte sie vor Schrecken in die Erde sinken.

Schneeweißchen aber war nicht allein die allerschönste, sondern sie hatte auch ein großes edles Herz, das die Untaten, die die falsche Frau an ihr verübt, nicht selbst rächte. Es kam aber ein giftiger Wurm, der fraß der bösen Königin das Herz ab, und dieser Wurm war der Neid.

Hans Christian Andersen

Das kleine Mädchen mit den Schwefelhölzern

Es war so entsetzlich kalt; es schneite, und der Abend dunkelte; es war außerdem der letzte Abend im Jahr, Silvesterabend. In dieser Kälte und in dieser Dunkelheit ging auf der Straße ein kleines, armes Mädchen mit bloßem Kopf und nackten Füßen; ja sie hatte zwar Pantoffeln angehabt, als sie von zu Hause weg-ging; aber was konnte das helfen! das waren sehr große Pantoffeln gewesen, ihre Mutter hatte sie zuletzt benutzt, so groß waren die, und die hatte die Kleine verloren, als sie über die Straße eilte, auf der zwei Wagen so entsetzlich schnell vorüberfuhren; der eine Pantoffel war nicht wiederzufinden, und mit dem anderen lief ein Junge herum; er sagte, den könnte er als Wiege benutzen, wenn er selber Kinder kriegte.

Da ging nun das kleine Mädchen auf den nackten kleinen Füßen, die rot und blau waren vor Kälte; in einer alten Schürze trug sie eine Menge Schwefelhölzer, und ein Bund hatte sie in der Hand; niemand hatte ihr den ganzen Tag etwas abgekauft; niemand hatte ihr einen kleinen Schilling gegeben; hungrig und verfroren ging sie und sah so verschüchtert aus, das arme Ding! Die Schneeflocken fielen in ihr langes blondes Haar, das sich so hübsch im Nacken kräuselte, aber an Schönheit dachte sie wahrhaftig nicht. Aus allen Fenstern schimmerten die Kerzen, und dann roch es auf der Straße so wunderbar nach Gänsebraten; es war doch Silvesterabend, ja daran dachte sie.

Hinten in einem Winkel zwischen zwei Häusern, das eine ging etwas weiter auf die Straße hinaus als das andere, da setzte sie sich hin und kauerte sich zusammen; die kleinen Beine hatte sie unter sich hochgezogen, aber sie fror noch mehr, und nach Hause traute sie sich nicht zu gehen, sie hatte ja keine Schwefelhölzer verkauft, sie hatte nicht einen Schilling gekriegt, ihr Vater würde sie schlagen, und kalt war es auch zu Hause, sie hatten bloß das Dach direkt über sich und da pfiff der Wind herein, obwohl in die größten Risse Stroh und Lumpen gestopft waren. Ihre kleinen Hände waren beinah schon ganz tot vor Kälte. Ach! ein kleines Schwefelholz könnte guttun. Wenn sie sich traute, nur eins aus dem Bund herauszuziehen, es an der Wand anzureißen und die Finger zu wärmen. Sie zog eins heraus, »ritsch!« wie das sprühte, wie das brannte! es war ein warmes, helles Feuer, fast wie eine kleine Kerze, als sie die Hand darum legte; das war eine wunderliche Kerze! Dem kleinen Mädchen war es, als säße sie vor einem großen Eisenofen mit blanken Messingkugeln und Messingtrommel; das Feuer brannte so gesegnet, wärmte so gut! nein, was war das! – Die Kleine streckte schon die Füße aus, um auch die zu wärmen – – da erlosch die Flamme, der Ofen verschwand –, sie saß da mit einem kleinen Stumpf von einem abgebrannten Schwefelholz in der Hand.

Ein neues wurde angerissen, das brannte, das leuchtete, und wo der Lichtschein auf die Mauer fiel, wurde sie durchsichtig, wie ein Schleier; sie sah direkt in die Stube hinein, wo der Tisch gedeckt stand mit einer schimmernden weißen Tischdecke und feinem Porzellan, und herrlich dampfte die gebratene Gans, gefüllt mit Zwetschgen und Äpfeln! und was noch prächtiger war, die Gans sprang aus der Schüssel, watschelte über den Fußboden mit Messer und Gabel im Rücken; genau auf das arme Mädchen kam sie zu; da erlosch das Schwefelholz, und es war nur die dicke, kalte Mauer zu sehen.

Sie zündete ein neues an. Da saß sie unter dem herrlichsten Weihnachtsbaum; der war noch größer und schöner geschmückt, als sie es durch die Glastür bei dem reichen Kaufmann gesehen hatte, die letzten Weihnachten; Tausende von Kerzen brannten auf den grünen Zweigen, und bunte Bilder, wie die, mit denen die Schaufenster dekoriert sind, blickten auf sie herab. Die Kleine streckte beide Hände in die Höhe – da erlosch das Schwefelholz; die vielen Weihnachtskerzen gingen höher und höher hinauf, sie sah, dass es nun die klaren Sterne waren, einer von ihnen fiel und machte einen langen Feuerstreifen am Himmel.

»Jetzt stirbt jemand!«, sagte die Kleine, weil die alte Großmutter, der einzige Mensch, der gut zu ihr gewesen, nun aber tot war, gesagt hatte: wenn ein Stern fällt, geht eine Seele hinauf zu Gott.

Sie riss wieder an der Mauer ein Schwefelholz an, das leuchtete ringsum, und im Glanz stand die alte Großmutter, so klar, so schimmernd, so mild und gesegnet.

»Großmutter!«, schrie die Kleine, »o nimm mich mit! ich weiß, du bist weg, wenn das Schwefelholz ausgeht; weg wie der warme Ofen, wie der herrliche Gänsebraten und der große gesegnete Weihnachtsbaum! « – und sie riss hastig alle restlichen Schwefelhölzer an, die im Bund waren, sie wollte Großmutter festhalten; und die Schwefelhölzer leuchteten mit einem solchen Glanz, dass es klarer war als am hellen Tag. Großmutter war noch niemals so schön gewesen, so groß; sie hob das kleine Mädchen auf ihren Arm empor, und sie flogen in Glanz und Glück, so hoch, so hoch; und da war keine Kälte, kein Hunger, keine Angst, – sie waren bei Gott!

Aber im Winkel an der Hauswand saß in der kalten Morgenstunde das kleine Mädchen mit roten Wangen und mit einem Lächeln um den Mund – tot, erfroren am letzten Abend des alten Jahres. Der Neujahrsmorgen ging auf über der kleinen Leiche, die da mit Schwefelhölzern saß, von denen ein Bündel fast abgebrannt war. Sie hat sich wärmen wollen! sagte man; keiner wusste, was sie Schönes gesehen hatte, in welchem Glanz sie mit der alten Großmutter eingegangen war in die Neujahrsfreude!

Brüder Grimm

Hänsel und Gretel

Vor einem großen Walde wohnte ein armer Holzhacker mit seiner Frau und seinen zwei Kindern; das Bübchen hieß Hänsel und das Mädchen Gretel. Er hatte wenig zu beißen und zu brechen, und einmal, als große Teuerung ins Land kam, konnte er auch das täglich Brot nicht mehr schaffen. Wie er sich nun abends im Bette Gedanken machte und sich vor Sorgen herumwälzte, seufzte er und sprach zu seiner Frau: »Was soll aus uns werden? Wie können wir unsere armen Kinder ernähren, da wir für uns selbst nichts mehr haben?« »Weißt du was, Mann«, antwortete die Frau, »wir wollen morgen in aller Frühe die Kinder hinaus in den Wald führen, wo er am dicksten ist: Da machen wir ihnen ein Feuer an und geben jedem noch ein Stückchen Brot, dann gehen wir an unsere Arbeit und lassen sie allein. Sie finden den Weg nicht wieder nach Haus, und wir sind sie los.« »Nein, Frau«, sagte der Mann, »das tue ich nicht; wie sollt' ich's übers Herz bringen meine Kinder im Walde allein zu lassen, die wilden Tiere würden bald kommen und sie zerreißen.« »O du Narr«, sagte sie, »dann müssen wir alle viere Hungers sterben, du kannst nur die Bretter für die Särge hobeln«, und ließ ihm keine Ruhe, bis er einwilligte. »Aber die armen Kinder dauern mich doch«, sagte der Mann.

Die zwei Kinder hatten vor Hunger auch nicht einschlafen können und hatten gehört, was die Stiefmutter zum Vater gesagt hatte. Gretel weinte bittere Tränen und sprach zu Hänsel: »Nun ist's um uns geschehen.« »Still, Gretel«, sprach Hänsel, »gräme dich nicht, ich will uns schon helfen.« Und als die Alten eingeschlafen waren, stand er auf, zog sein Röcklein an, machte die Untertüre auf und schlich sich hinaus. Da schien der Mond ganz helle, und die weißen Kieselsteine, die vor dem Haus lagen, glänzten wie lauter Batzen. Hänsel bückte sich und steckte so viel in sein Rocktäschlein, als nur hineinwollten. Dann ging er wieder zurück, sprach zu Gretel: »Sei getrost, liebes Schwesterchen, und schlaf nur ruhig ein, Gott wird uns nicht verlassen«, und legte sich wieder in sein Bett.

Als der Tag anbrach, noch ehe die Sonne aufgegangen war, kam schon die Frau und weckte die beiden Kinder, »steht auf, ihr Faulenzer, wir wollen in den Wald gehen und Holz holen.« Dann gab sie jedem ein Stückchen Brot und sprach: »Da habt ihr etwas für den Mittag, aber esst's nicht vorher auf, weiter kriegt ihr nichts.« Gretel nahm das Brot unter die Schürze, weil Hänsel die Steine in der Tasche hatte. Danach machten sie sich alle zusammen auf den Weg nach dem Wald. Als sie ein Weilchen gegangen waren, stand Hänsel still und guckte nach dem Haus zurück und tat das wieder und immer wieder. Der Vater sprach: »Hänsel, was guckst du da und bleibst zurück, hab Acht und vergiss deine Beine nicht.« »Ach, Vater«, sagte Hänsel, »ich sehe nach meinem weißen Kätzchen, das sitzt oben auf dem Dach und will mir Ade sagen.« Die Frau sprach: »Narr, das ist dein Kätzchen nicht, das ist die Morgensonne, die auf den Schornstein scheint.« Hänsel aber hatte nicht nach dem Kätzchen gesehen, sondern immer einen von den blanken Kieselsteinen aus seiner Tasche auf den Weg geworfen.

Als sie mitten in den Wald gekommen waren, sprach der Vater: »Nun sammelt Holz, ihr Kinder, ich will ein Feuer anmachen, damit ihr nicht friert.« Hänsel und Gretel trugen Reisig zusammen, einen kleinen Berg hoch. Das Reisig ward angezündet, und als die Flamme recht hoch brannte, sagte die Frau: »Nun legt euch ans Feuer, ihr Kinder und ruht euch aus, wir gehen in den Wald und hauen Holz. Wenn wir fertig sind, kommen wir wieder und holen euch ab.«

Hänsel und Gretel saßen am Feuer, und als der Mittag kam, aß jedes sein Stücklein Brot. Und weil sie die Schläge der Holzaxt hörten, so glaubten sie, ihr Vater wäre in der Nähe. Es war aber nicht die Holzaxt, es war ein Ast, den er an einen dürren Baum gebunden hatte und den der Wind hin und her schlug. Und als sie so lange gesessen hatten, fielen ihnen die Augen vor Müdigkeit zu, und sie schliefen fest ein. Als sie endlich erwachten, war es schon finstere Nacht. Gretel fing an zu weinen und sprach: »Wie sollen wir nun aus dem Wald kommen!« Hänsel aber tröstete sie: »Wart nur ein Weilchen, bis der Mond aufgegangen ist, dann wollen wir den Weg schon finden.« Und als der volle Mond aufgestiegen war, so nahm Hänsel sein Schwesterchen an der Hand und ging den Kieselsteinen nach, die schimmerten wie neu geschlagene Batzen und zeigten ihnen den Weg. Sie gingen die ganze Nacht hindurch und kamen bei anbrechendem Tag wieder zu ihres Vaters Haus. Sie klopften an die Tür, und als die Frau aufmachte und sah, dass es Hänsel und Gretel war, sprach sie: »Ihr bösen Kinder, was habt ihr so lange im Walde geschlafen, wir haben geglaubt, ihr wolltet gar nicht wiederkommen.« Der Vater aber freute sich, denn es war ihm zu Herzen gegangen, dass er sie so allein zurückgelassen hatte.

Nicht lange danach war wieder Not in allen Ecken, und die Kinder hörten, wie die Mutter nachts im Bette zu dem Vater sprach: »Alles ist wieder aufgezehrt, wir haben noch einen halben Laib Brot, hernach hat das Lied ein Ende. Die Kinder müssen fort, wir wollen sie tiefer in den Wald hineinführen, damit sie den Weg nicht wieder herausfinden; es ist sonst keine Rettung für uns.« Dem Mann fiel's schwer aufs Herz und er dachte: »Es wäre besser, dass du den letzten Bissen mit deinen Kindern teiltest.« Aber die Frau hörte auf nichts, was er sagte, schalt ihn und machte ihm Vorwürfe. Wer A sagt, muss auch B sagen, und weil er das erste Mal nachgegeben hatte, so musste er es auch zum zweiten Mal.

Die Kinder waren aber noch wach gewesen und hatten das

Gespräch mit angehört. Als die Alten schliefen, stand Hänsel wieder auf, wollte hinaus und Kieselsteine auflesen, wie das vorige Mal, aber die Frau hatte die Tür verschlossen, und Hänsel konnte nicht heraus. Aber er tröstete sein Schwesterchen und sprach: »Weine nicht, Gretel, und schlaf nur ruhig, der liebe Gott wird uns schon helfen.«

Am frühen Morgen kam die Frau und holte die Kinder aus dem Bette. Sie erhielten ihr Stückchen Brot, das war aber noch kleiner als das vorige Mal. Auf dem Wege nach dem Wald bröckelte es Hänsel in der Tasche, stand oft still und warf ein Bröcklein auf die Erde. »Hänsel, was stehst du und guckst dich um«, sagte der Vater, »geh deiner Wege.« »Ich sehe nach meinem Täubchen, das sitzt auf dem Dache und will mir Ade sagen«, antwortete Hänsel. »Narr«, sagte die Frau, »das ist dein Täubchen nicht, das ist die Morgensonne, die auf den Schornstein oben scheint.« Hänsel aber warf nach und nach alle Bröcklein auf den Weg.

Die Frau führte die Kinder noch tiefer in den Wald, wo sie ihr Lebtag noch nicht gewesen waren. Da ward wieder ein großes Feuer angemacht, und die Mutter sagte: »Bleibt nur da sitzen, ihr Kinder, und wenn ihr müde seid, könnt ihr ein wenig schlafen: Wir gehen in den Wald und hauen Holz, und abends, wenn wir fertig sind, kommen wir und holen euch ab.« Als es Mittag war, teilte Gretel ihr Brot mit Hänsel, der sein Stück auf den Weg gestreut hatte. Dann schliefen sie ein, und der Abend verging, aber niemand kam zu den armen Kindern. Sie erwachten erst in der finstern Nacht, und Hänsel tröstete sein Schwesterchen und sagte: »Wart nur, Gretel, bis der Mond aufgeht, dann werden wir die Brotbröcklein sehen, die ich ausgestreut habe, die zeigen uns den Weg nach Haus.« Als der Mond kam, machten sie sich auf, aber sie fanden kein Bröcklein mehr, denn die viel tausend Vögel, die im Walde und im Felde umherfliegen, die hatten sie weggepickt. Hänsel sagte zu Gretel: »Wir werden den Weg schon finden«, aber sie fanden ihn nicht. Sie gingen die ganze Nacht und noch einen Tag von Morgen bis Abend, aber sie kamen aus dem Wald nicht heraus, und waren so hungrig, denn sie hatten nichts als die paar Beeren, die auf der Erde standen. Und weil sie so müde waren, dass die Beine sie nicht mehr tragen wollten, so legten sie sich unter einen Baum und schliefen ein.

Nun war's schon der dritte Morgen, dass sie ihres Vaters Haus verlassen hatten. Sie fingen wieder an zu gehen, aber sie gerieten immer tiefer in den Wald, und wenn nicht bald Hilfe kam, so mussten sie verschmachten. Als es Mittag war, sahen sie ein schönes schneeweißes Vöglein auf einem Ast sitzen, das sang so schön, dass sie stehen blieben und ihm zuhörten. Und als es fertig war, schwang es seine Flügel und flog vor ihnen her, und sie gingen ihm nach, bis sie zu einem Häuschen gelangten, auf dessen Dach es sich setzte, und als sie ganz nah herankamen, so sahen sie, dass das Häuslein aus Brot gebaut war, und mit Kuchen gedeckt; aber die Fenster waren von hellem Zucker. »Da wollen wir uns dranmachen«, sprach Hänsel, »und eine gesegnete Mahlzeit halten. Ich will ein Stück vom Dach essen, Gretel, du kannst vom Fenster essen, das schmeckt süß.« Hänsel reichte in die Höhe und brach sich ein wenig vom Dach ab, um zu versuchen, wie es schmeckte, und Gretel stellte sich an die Scheiben und knuperte daran. Da rief eine feine Stimme aus der Stube heraus:

»Knuper, knuper, kneischen,
wer knupert an meinem Häuschen?«

Die Kinder antworteten:

»Der Wind, der Wind,
das himmlische Kind«,

und aßen weiter, ohne sich irremachen zu lassen. Hänsel, dem das Dach sehr gut schmeckte, riss sich ein großes Stück davon herunter, und Gretel stieß eine ganze runde Fensterscheibe heraus, setzte sich nieder, und tat sich wohl damit. Da ging auf einmal die Türe auf, und eine steinalte Frau, die sich auf eine Krücke stützte, kam herausgeschlichen. Hänsel und Gretel erschraken so gewaltig, dass sie fallen ließen, was sie in den Händen hielten. Die Alte aber wackelte mit dem Kopfe und sprach: »Ei, ihr lieben Kinder, wer hat euch hierhergebracht? Kommt nur herein und bleibt bei mir, es geschieht euch kein Leid.« Sie fasste beide an der Hand und führte sie in ihr Häuschen. Da ward gutes Essen aufgetragen, Milch und Pfannekuchen mit Zucker, Äpfel und Nüsse. Hernach wurden zwei schöne Bettlein weiß gedeckt, und Hänsel und Gretel legten sich hinein und meinten, sie wären im Himmel.

Die Alte hatte sich nur so freundlich angestellt, sie war aber eine böse Hexe, die den Kindern auflauerte, und hatte das Brothäuslein bloß gebaut, um sie herbeizulocken. Wenn eins in ihre Gewalt kam, so machte sie es tot, kochte es und aß es, und das war ihr ein Festtag. Die Hexen haben rote Augen und können nicht weit sehen, aber sie haben eine feine Witterung, wie die Tiere, und merken's, wenn Menschen herankommen. Als Hänsel und Gretel in ihre Nähe kamen, da lachte sie boshaft und sprach höhnisch: »Die habe ich, die sollen mir nicht wieder entwischen.« Frühmorgens, ehe die Kinder erwacht waren, stand sie schon auf, und als sie beide so lieblich ruhen sah, mit den vollen roten Backen, so murmelte sie vor sich hin: »Das wird ein guter Bissen werden.« Da packte sie Hänsel mit ihrer dürren Hand und trug ihn in einen kleinen Stall und sperrte ihn mit einer Gittertüre ein; er mochte schreien, wie er wollte, es half ihm nichts. Dann ging sie zur Gretel, rüttelte sie wach und rief: »Steh auf, Faulenzerin, trag Wasser und koch deinem Bruder etwas Gutes, der sitzt draußen im Stall und soll fett werden. Wenn er fett ist, so will ich ihn essen.« Gretel fing an bitterlich zu weinen, aber es war alles vergeblich, sie musste tun, was die böse Hexe verlangte.

Nun ward dem armen Hänsel das beste Essen gekocht, aber Gretel bekam nichts als Krebsschalen. Jeden Morgen schlich die

Alte zu dem Ställchen und rief: »Hänsel, streck deine Finger heraus, damit ich fühle, ob du bald fett bist.« Hänsel streckte ihr aber ein Knöchlein heraus, und die Alte, die trübe Augen hatte, konnte es nicht sehen, und meinte, es wären Hänsels Finger, und verwunderte sich, dass er gar nicht fett werden wollte. Als vier Wochen herum waren und Hänsel immer mager blieb, da übernahm sie die Ungeduld, und sie wollte nicht länger warten. »Heda, Gretel«, rief sie dem Mädchen zu, »sei flink und trag Wasser: Hänsel mag fett oder mager sein, morgen will ich ihn schlachten und kochen.« Ach, wie jammerte das arme Schwesterchen, als es das Wasser tragen musste, und wie flossen ihm die Tränen über die Backen herunter! »Lieber Gott, hilf uns doch«, rief sie aus, »hätten uns nur die wilden Tiere im Wald gefressen, so wären wir doch zusammen gestorben.« »Spar nur dein Geblärre«, sagte die Alte, »es hilft dir alles nichts.«

Frühmorgens musste Gretel heraus, den Kessel mit Wasser aufhängen und Feuer anzünden. »Erst wollen wir backen«, sagte die Alte, »ich habe den Backofen schon eingeheizt und den Teig geknetet.« Sie stieß das arme Gretel hinaus zu dem Backofen, aus dem die Feuerflammen schon herausschlugen. »Kriech hinein«, sagte die Hexe, »und sieh zu, ob recht eingeheizt ist, damit wir das Brot hineinschießen können.« Und wenn Gretel darin war, wollte sie den Ofen zumachen, und Gretel sollte darin braten, und dann wollte sie's auch aufessen. Aber Gretel merkte, was sie im Sinn hatte und sprach: »Ich weiß nicht, wie ich's machen soll; wie komm ich da hinein?« »Dumme Gans«, sagte die Alte, »die Öffnung ist groß genug, siehst du wohl, ich könnte selbst hinein«, krappelte heran und steckte den Kopf in den Backofen. Da gab ihr Gretel einen Stoß, dass sie weit hineinfuhr, machte die eiserne Tür zu und schob den Riegel vor. Hu! Da fing sie an zu heulen, ganz grauselich; aber Gretel lief fort, und die gottlose Hexe musste elendiglich verbrennen.

Gretel aber lief schnurstracks zum Hänsel, öffnete sein Ställchen und rief: »Hänsel, wir sind erlöst, die alte Hexe ist tot.« Da sprang Hänsel heraus, wie ein Vogel aus dem Käfig, wenn ihm die Türe aufgemacht wird. Wie haben sie sich gefreut, sind sich um den Hals gefallen, sind herumgesprungen und haben sich geküsst! Und weil sie sich nicht mehr zu fürchten brauchten, so gingen sie in das Haus der Hexe hinein, da standen in allen Ecken Kasten mit Perlen und Edelsteinen. »Die sind noch besser als Kieselsteine«, sagte Hänsel und steckte in seine Taschen, was hineinwollte, und Gretel sagte: »Ich will auch etwas mit nach Haus bringen« und füllte sich sein Schürzchen voll. »Aber jetzt wollen wir fort«, sagte Hänsel, »damit wir aus dem Hexenwald herauskommen.« Als sie aber ein paar Stunden gegangen waren, gelangten sie an ein großes Wasser. »Wir können nicht hinüber«, sprach Hänsel, »ich sehe keinen Steg und keine Brücke.« »Hier fährt auch kein Schiffchen«, antwortete Gretel, »aber da schwimmt eine weiße Ente, wenn ich die bitte, so hilft sie uns hinüber.« Da rief sie:

»Entchen, Entchen,
da steht Gretel und Hänsel.
Kein Steg und keine Brücke,
nimm uns auf deinen weißen Rücken.«

Das Entchen kam auch heran, und Hänsel setzte sich auf und bat sein Schwesterchen, sich zu ihm zu setzen. »Nein«, antwortete Gretel, »es wird dem Entchen zu schwer, es soll uns nacheinander hinüberbringen.« Das tat das gute Tierchen, und als sie glücklich drüben waren und ein Weilchen fortgingen, da kam ihnen der Wald immer bekannter und immer bekannter vor, und endlich erblickten sie von weitem ihres Vaters Haus. Da fingen sie an zu laufen, stürzten in die Stube hinein und fielen ihrem Vater um den Hals. Der Mann hatte keine frohe Stunde gehabt, seitdem er die Kinder im Walde gelassen hatte, die Frau aber war gestorben. Gretel schüttete sein Schürzchen aus, dass die Perlen und Edelsteine in der Stube herumsprangen, und Hänsel warf eine Hand voll nach der andern aus seiner Tasche dazu. Da hatten alle Sorgen ein Ende, und sie lebten in lauter Freude zusammen. Mein Märchen ist aus, dort lauft eine Maus, wer sie fängt, darf sich eine große große Pelzkappe daraus machen.

Hans Christian Andersen

Die Schneekönigin

Erste Geschichte, die vom Spiegel und den Splittern handelt

Seht nur! jetzt fangen wir an. Wenn wir am Ende der Geschichte angekommen sind, wissen wir mehr, als wir jetzt wissen, denn da war einmal ein böser Troll! es war einer von den allerschlimmsten, es war der Deubel! Eines Tages war er richtig guter Laune, denn er hatte einen Spiegel gemacht, der die Eigenschaft besaß, dass alles Gute und Schöne, das sich darin spiegelte, darin beinahe zu Nichts zusammenschmolz, aber was nichts taugte und übel aussah, das trat so recht hervor und wurde noch schlimmer. Die herrlichsten Landschaften sahen darin aus wie gekochter Spinat, und die besten Menschen wurden ekelhaft oder standen auf dem Kopf ohne Bauch, die Gesichter wurden so verdreht, dass sie nicht wiederzuerkennen waren, und hatte man eine Sommersprosse, dann konnte man sicher sein, dass sie sich ausdehnte über Nase und Mund. Das war überaus lustig, sagte »der Deubel«. Ging nun ein guter frommer Gedanke durch einen Menschen, dann entstand ein Grinsen im Spiegel, dass der Trollteufel lachen musste über seine kunstreiche Erfindung. Alle, die in die Trollschule gingen (er hielt nämlich eine Trollschule ab), erzählten ringsum, es sei ein Wunder geschehen; jetzt erst könne man sehen, meinten sie, wie die Welt und die Menschen wirklich aussahen. Sie liefen mit dem Spiegel herum, und zuletzt gab es kein Land und keinen Menschen mehr, die nicht darin verdreht worden wären. Nun wollten sie auch zum Himmel selbst hinauffliegen, um die Engel und »den Herrgott« zum Gespött zu machen. Je höher sie mit dem Spiegel flogen, desto stärker grinste es darin, sie konnten ihn kaum noch festhalten; höher und höher flogen sie hinauf, näher zu Gott und den Engeln; da zitterte der Spiegel so fürchterlich in seinem Grinsen, dass er ihnen aus den Händen fuhr und zur Erde hinunterstürzte, wo er in hunderte von Millionen, Billionen und noch mehr Stücke ging, und gerade so brachte er noch viel größeres Unglück als vorher; denn manche Stückchen waren kaum so groß wie ein Sandkorn, und diese flogen in der weiten Welt umher, und wo sie Leuten in die Augen gerieten, da blieben sie sitzen, und da sahen die Menschen alles verkehrt oder hatten nur Augen für das, was an einer Sache verkehrt war, denn jedes kleine Spiegelkörnchen hatte dieselben Kräfte behalten, die der ganze Spiegel besessen hatte; manche Menschen bekamen sogar einen kleinen Spiegelsplitter ins Herz hinein, und dann war es ganz grässlich, denn das Herz wurde nun gleichsam zu einem Eisblock. Einige Spiegelstücke waren so groß, dass man sie als Fensterglas verwendete, aber es lohnte nicht, seine Freunde durch diese Scheibe zu sehen; andere Stücke kamen in Brillen, und dann ging es übel zu, wenn Leute diese Brillen aufsetzten, um recht hinzusehen und gerecht zu sein; der Böse lachte, dass es ihm den Bauch zerriss, und das kitzelte ihn so angenehm. Draußen aber flogen noch immer kleine Glassplitter durch die Luft. Und nun werden wir etwas zu hören kriegen!

Zweite Geschichte

Ein kleiner Junge und ein kleines Mädchen

Drinnen in der großen Stadt, wo so viele Häuser und Menschen sind, dass nicht einmal genug Platz ist, dass alle Leute einen kleinen Garten haben könnten, und wo die meisten sich daher mit

Pflanzen in Blumentöpfen begnügen müssen, da waren doch zwei arme Kinder, die hatten einen Garten, der war etwas größer als ein Blumentopf. Sie waren nicht Bruder und Schwester, aber sie hatten einander genauso lieb, als wären sie es. Die Eltern wohnten gleich nebeneinander; sie wohnten in zwei Dachkammern; dort, wo das Dach des einen Nachbarhauses an das andere stieß und die eine Dachrinne an der anderen entlanglief, da schaute aus jedem Haus ein kleines Fenster; man brauchte bloß einen großen Schritt über die Rinne zu machen, dann kam man vom einen Fenster zum andern.

Die Eltern hatten draußen jeder einen großen Holzkasten, und in dem wuchsen Küchenkräuter, die sie brauchten, und ein kleiner Rosenstock; es war in jedem Kasten einer, der wuchs so gesegnet. Nun kam es den Eltern in den Sinn, die Kästen so quer über die Rinne zu stellen, dass sie beinahe vom einen Fenster zum andern reichten und ganz lebensecht wie zwei Blumen-Wälle aussahen. Erbsenranken hingen über die Kästen herab, und aus den Rosenstöcken schossen lange Zweige, rankten sich um die Fenster und neigten sich zueinander: da war es beinahe wie eine Ehrenpforte aus Grün und aus Blüten. Da die Kästen sehr hoch waren und die Kinder wussten, dass sie nicht hinaufklettern durften, so bekamen sie oft die Erlaubnis, zueinander herauszusteigen und auf ihren kleinen Schemeln unter den Rosen zu sitzen, und da spielten sie nun so prächtig.

Im Winter war dieses Vergnügen ja vorbei. Die Fenster waren oft ganz mit Frost überzogen, aber dann wärmten sie Kupferschillinge auf dem Kachelofen, legten den heißen Schilling auf die zugefrorene Scheibe, und dann gab es ein wunderbares Guckloch, so rund, so rund; dahinter lugte ein gesegnetes kleines Auge hervor, eins aus jedem Fenster; das waren der kleine Junge und das kleine Mädchen. Er hieß Kay und sie hieß Gerda. Im Sommer konnten sie mit einem Sprung zueinander kommen, im Winter mussten sie erst die vielen Stiegen hinunter und die vielen Stiegen hinauf; draußen stob der Schnee.

»Das sind die weißen Bienen, die schwärmen aus«, sagte die alte Großmutter.

»Haben die auch eine Bienenkönigin?«, fragte der kleine Junge, denn er wusste, dass die richtigen Bienen so eine haben.

»Das haben sie!«, sagte die Großmutter. »Sie fliegt da, wo sie am dichtesten schwärmen! sie ist die größte von allen, und niemals bleibt sie still auf der Erde, sie fliegt wieder hinauf in den schwarzen Himmel. Viele Winternächte fliegt sie durch die Straßen der Stadt und sieht zu den Fenstern hinein, und da frieren sie so wunderlich zu, als wären es lauter Blumen.«

»Ja, das habe ich schon gesehen!«, sagten beide Kinder, und so wussten sie, dass es die Wahrheit war.

»Kann die Schneekönigin hier hereinkommen?«, fragte das kleine Mädchen.

»Lass sie nur kommen«, sagte der Junge, »dann setze ich sie auf den warmen Kachelofen, und dann schmilzt sie.«

Aber die Großmutter strich ihm übers Haar und erzählte andere Geschichten.

Am Abend, als der kleine Kay zu Hause war und schon halb ausgezogen, kroch er auf einen Stuhl am Fenster hinauf und lugte durch das kleine Loch hinaus; ein paar Schneeflocken fielen draußen, und eine davon, die allergrößte, blieb auf dem Rand der einen Blumenkiste liegen; die Schneeflocke wuchs mehr und mehr, zuletzt wurde sie zu einem ganzen Frauenzimmer, gekleidet in die feinsten, weißen Schleier, die waren wie zusammengesetzt aus Millionen sternengleichen Gestöbers. Sie war so schön und fein, aber aus Eis, dem blendenden, blinkenden Eis, und doch war sie lebendig; die Augen starrten wie zwei klare Sterne, aber es war keine Rast oder Ruh darin. Sie nickte zum Fenster und winkte mit der Hand. Der kleine Junge erschrak und sprang vom Stuhl hinunter, da war es, als flöge draußen ein großer Vogel am Fenster vorüber.

Am nächsten Tag herrschte klarer Frost, – und dann kam der Frühling, die Sonne schien, das Grün spross hervor, die Schwalben bauten Nester, die Fenster öffneten sich, und die kleinen Kinder saßen wieder in ihrem kleinen Garten hoch oben in der Dachrinne über allen Etagen.

Die Rosen blühten in diesem Sommer so unvergleichlich; das kleine Mädchen hatte ein Kirchenlied gelernt, und in dem ging es um Rosen, und bei den Rosen dachte sie an ihre eigenen; und sie sang es dem kleinen Jungen vor, und dann sang er mit:

»Im Tal die Rosen blühen fort und fort,
Da kommt zu uns vom Jesuskind das Wort!«

Und die Kleinen hielten einander bei den Händen, küssten die Rosen und blickten in Gottes klaren Sonnenschein und sprachen zu ihm, als sei das Jesuskind darin. Was waren das für herrliche Sommertage, wo es gesegnet war, draußen bei den frischen Rosenstöcken zu sein, die, wie es schien, niemals aufhören wollten zu blühen.

Kay und Gerda saßen da und sahen sich ein Bilderbuch an mit Tieren und Vögeln, da geschah es – die Glocke schlug gerade fünf im großen Kirchturm –, dass Kay sagte: »au! da hat mich was ins Herz gestochen! und jetzt habe ich etwas im Auge!«

Das kleine Mädchen fasste ihn um den Hals; er zwinkerte mit den Augen; nein, da war nichts zu sehen.

»Ich glaube, es ist weg!«, sagte er; aber weg war es nicht. Es war just so eins von diesen Glaskörnchen, die vom Spiegel abgesprungen waren, dem Trollspiegel, wir erinnern uns wohl, dem scheußlichen Glas, das machte, dass alles Große und Gute, das sich darin spiegelte, zu etwas Kleinem und Hässlichen wurde, aber das Böse und Schlechte wurde ordentlich groß, und jeder Fehler an einer Sache war sofort zu bemerken. Der arme Kay, er hatte auch so ein Körnchen geradewegs ins Herz bekommen. Bald würde es wie ein Eisblock sein. Nun tat es nicht mehr weh, aber es war da.

»Warum weinst du?«, fragte er. »Dann siehst du hässlich aus!

mir fehlt ja nichts! Igitt!«, rief er und im selben Atemzug: »in der Rose da sitzt ein Wurm! und sieh nur, die da ist ganz schief! es sind eigentlich ekelhafte Rosen! genau wie die Kästen, in denen sie stehen!« und dann stieß er mit dem Fuß grob gegen den Kasten und riss die beiden Rosen ab.

»Kay, was tust du da!«, rief das kleine Mädchen; und als er sah, wie sie sich erschrak, riss er noch eine Rose ab und lief dann zu seinem Fenster hinein fort von der gesegneten kleinen Gerda.

Als sie später mit dem Bilderbuch kam, sagte er, das sei etwas für Säuglinge, und wenn Großmutter Geschichten erzählte, kam er jedes Mal mit einem *aber* – und wenn sich die Gelegenheit ergab, dann ging er hinter ihr her, setzte sich eine Brille auf und redete wie sie; es war ganz akkurat, und dann lachten die Leute über ihn. Er konnte bald reden und gehen wie alle Menschen in der ganzen Straße. Alles, was an ihnen apart und nicht schön war, das wusste Kay nachzuäffen, und dann sagten die Leute: »Der hat bestimmt einen ausgezeichneten Kopf, dieser Junge!«, aber es war nur das Glas, das er ins Auge bekommen hatte, das Glas das ihm im Herzen saß, daher kam es, dass er sogar die kleine Gerda neckte, die ihn mit ihrer ganzen Seele liebhatte.

Seine Spiele waren nun ganz anders als zuvor, sie waren so verständig; – eines Wintertages, als die Schneeflocken stoben, brachte er ein großes Brennglas, steckte seinen blauen Mantelzipfel hinaus und ließ die Schneeflocken darauf fallen.

»Schau jetzt mal durch das Glas, Gerda!«, sagte er, und jede Schneeflocke wurde viel größer und sah aus wie eine prächtige Blüte oder ein zehnstrahliger Stern; das war herrlich anzusehen.

»Siehst du, wie kunstvoll?«, sagte Kay, »das ist viel interessanter als die wirklichen Blumen! und es ist nicht ein einziger Fehler daran, die sind ganz akkurat, wenn sie bloß nicht schmelzen wollten!«

Gleich darauf kam Kay mit großen Handschuhen und seinem Schlitten auf dem Rücken, er schrie Gerda direkt ins Ohr: »ich darf auf dem großen Platz fahren, wo die andern spielen!«, und dann war er auf und davon.

Da draußen auf dem großen Platz banden oft die kecksten Jungen ihre Schlitten am Wagen eines Bauern fest, und dann fuhren sie ein gutes Stück mit. Das ging sehr lustig. Als sie gerade am schönsten spielten, kam ein großer Schlitten; der war ganz weiß gestrichen, und es saß darin jemand, die war eingehüllt in einen zottigen weißen Pelz und hatte eine zottige weiße Mütze auf dem Kopf; der Schlitten fuhr zweimal um den Platz, und Kay band geschwind seinen kleinen Schlitten an ihm fest, und nun fuhr er mit. Das ging schnell und immer schneller geradewegs in die nächste Straße hinein; die Person, die ihn fuhr, wandte den Kopf und nickte Kay ganz freundlich zu, es war gerade, als kennten sie einander; jedes Mal, wenn Kay seinen kleinen Schlitten losbinden wollte, nickte sie wieder, und dann blieb Kay sitzen; sie fuhren geradewegs zum Stadttor hinaus. Da begann der Schnee in so dichten Schloßen zu fallen, dass der kleine Junge nicht die Hand vor Augen sehen konnte, aber er sauste davon, da ließ er schnell die Schnur fallen, um von dem großen Schlitten loszukommen, aber das half nicht, sein kleines Fahrzeug hing fest, und es ging dahin wie der Wind. Da schrie er ganz laut, aber niemand hörte ihn, und der Schnee stob, und der Schlitten fuhr davon; manchmal tat er einen Sprung, dann war es, als führe er über Gräben und Hecken dahin. Er war ganz erschrocken, er wollte sein Vaterunser beten, aber alles, was ihm einfiel, war das große Einmaleins.

Die Schneeflocken wurden größer und größer, zuletzt sahen sie aus wie große weiße Hühner; mit einem Mal sprangen sie zur Seite, der große Schlitten hielt an, und die Person, die darin fuhr, erhob sich, Pelz und Mütze waren aus lauter Schnee; eine Dame war es, so hoch und rank, so schimmernd weiß, es war die Schneekönigin.

»Wir sind gut vorangekommen!«, sagte sie, »aber soll man denn so frieren! komm, kriech in meinen Bärenpelz!«, und sie setzte ihn in den Schlitten neben sich, schlug den Pelz um ihn, und es war, als versinke er in einer Schneewehe.

»Frierst du noch!«, fragte sie, und dann küsste sie ihn auf die Stirn. Uh! das war kälter als Eis, es ging ihm geradewegs ins Herz, das doch schon ein halber Eisblock war; es war, als sollte er sterben; – aber nur für einen Augenblick, dann tat es gerade gut; er spürte nichts mehr von der Kälte ringsum.

»Mein Schlitten! vergiss meinen Schlitten nicht!«, das war das Erste, was ihm wieder einfiel; und der wurde festgebunden an einem der weißen Hühner, und das flog mit dem Schlitten auf dem Rücken hinterdrein. Die Schneekönigin küsste Kay noch einmal, und da hatte er die kleine Gerda und die Großmutter und sie alle dort zu Hause vergessen.

»Nun bekommst du keine Küsse mehr!«, sagte sie, »sonst küsse ich dich tot!«

Kay sah sie an, sie war so schön, ein klügeres, herrlicheres Gesicht konnte er sich nicht denken, nun schien sie nicht mehr aus Eis zu sein wie damals, als sie draußen vor dem Fenster saß und ihm zuwinkte; in seinen Augen war sie vollkommen, ihm war überhaupt nicht ängstlich zumute, er erzählte ihr, dass er Kopfrechnen könnte, und zwar mit Brüchen, die Fläche aller Länder in Quadratkilometern und »wie viele Einwohner«, und sie lächelte immerzu; da war es ihm, als sei es doch nicht genug mit dem, was er wusste, und er blickte hinauf in den großen, großen Luftraum und sie flog mit ihm, flog hoch hinauf auf die schwarze Wolke, und der Sturm sauste und brauste, es war, als sänge er alte Weisen. Sie flogen über Wälder und Seen, über Länder und Meere; tief drunten sausten die kalten Winde, die Wölfe heulten, der Schnee funkelte, darüber flogen die schwarzen schreienden Krähen hin, in der Höhe aber leuchtete der Mond so groß und klar, und ihn sah Kay an, die lange, lange Winternacht hindurch; am Tage schlief er der Schneekönigin zu Füßen.

Dritte Geschichte

Der Blumengarten bei der Frau, die zaubern konnte

Wie aber erging es der kleinen Gerda, als Kay nicht mehr kam? Wo war er bloß? – Niemand wusste es, niemand konnte Bescheid geben. Die Jungen erzählten nur, dass sie gesehen hatten, wie er seinen kleinen Schlitten an einem prächtigen großen festband, der in die Straße herein und zum Stadttor hinausfuhr. Niemand wusste, wo er war, viele Tränen flossen, die kleine Gerda weinte so bitterlich und lange; – da sagten sie, er wäre tot, er sollte in einem Fluss untergegangen sein, der dicht an der Stadt vorbeifloss; oh, das waren sehr lange, dunkle Wintertage.

Nun kam das Frühjahr mit wärmerem Sonnenschein.

»Kay ist tot und fort!«, sagte die kleine Gerda.

»Das glaube ich nicht!«, sagte der Sonnenschein.

»Er ist tot und fort!«, sagte sie zu den Schwalben.

»Das glaube ich nicht!«, antworteten die, und zuletzt glaubte die kleine Gerda es auch nicht mehr.

»Ich will meine neuen roten Schuhe anziehen«, sagte sie eines Morgens, »die Kay nie gesehen hat, und dann will ich zum Fluss hinuntergehen und mich erkundigen!«

Und es war ganz in der Frühe; sie küsste die alte Großmutter, die schlief, zog die roten Schuhe an und ging ganz allein zum Tor hinaus an den Fluss.

»Ist es wahr, dass du meinen kleinen Spielbruder weggenommen hast? Ich will dir meine roten Schuhe schenken, wenn du mir ihn wiedergeben willst!«

Und die Wellen, so kam es ihr vor, nickten so wunderlich; da nahm sie ihre roten Schuhe, das Liebste, das sie hatte, und warf sie beide hinaus in den Fluss, aber sie fielen dicht beim Ufer nieder, und die kleinen Wellen trugen sie sogleich zu ihr ans Land, es war gerade als ob der Fluss das Liebste, das sie hatte, nicht annehmen wollte, da er ja den kleinen Kay nicht hatte; sie aber glaubte nun, dass sie die Schuhe nicht weit genug geworfen hätte, und so kletterte sie in ein Boot, das im Schilf lag, sie ging bis ganz ans äußerste Ende und warf die Schuhe fort; aber das Boot war nicht angebunden, und durch die Bewegung, die sie machte, glitt es vom Land fort; sie spürte es und beeilte sich fortzukommen, aber bevor sie es zurückgeschafft hatte, war das Boot schon über eine Elle weit draußen, und nun glitt es rascher davon.

Da bekam die kleine Gerda einen großen Schrecken und fing an zu weinen, aber niemand hörte sie, nur die grauen Sperlinge, und die konnten sie nicht an Land tragen, aber sie flogen am Ufer entlang und sangen, wie um sie zu trösten: »hier sind wir! hier sind wir!« Das Boot trieb mit der Strömung; die kleine Gerda saß ganz still in ihren bloßen Strümpfen; ihre kleinen roten Schuhe schwammen hinterdrein, aber sie konnten das Boot nicht erreichen, das nahm stärkere Fahrt auf.

Schön war es auf beiden Ufern, wunderschöne Blumen, alte Bäume und Böschungen mit Schafen und Kühen, aber nicht ein Mensch in Sicht.

»Vielleicht trägt der Fluss mich zum kleinen Kay«, dachte Gerda, und so kam sie in bessere Stimmung, erhob sich und schaute viele Stunden lang die schönen grünen Ufer an; da kam sie zu einem großen Kirschgarten, in dem ein kleines Haus stand mit wunderlichen roten und blauen Fenstern, außerdem einem Strohdach und zwei Holzsoldaten, die allen, die vorbeisegelten, salutierten.

Gerda rief sie an, sie glaubte, sie seien lebendig, aber die antworteten natürlich nicht; sie kam ihnen ganz nah, der Fluss trieb das Boot geradewegs auf das Land zu.

Gerda rief noch lauter, und da kam aus dem Haus ein altes, altes Weib, das stützte sich auf einen Krückstock; sie trug einen großen Sonnenhut, und der war mit den herrlichsten Blumen bemalt.

»Du kleines armes Kind!«, sagte das alte Weib; »wie bist du nur auf den großen, starken Strom hinausgeraten, so weit hinausgetrieben in die weite Welt!«, und dann ging das alte Weib ganz ins Wasser hinaus, schlug ihren Krückstock über den Rand des Bootes, zog es ans Land und hob die kleine Gerda heraus.

Und Gerda war froh, aufs Trockene zu kommen, aber doch ein bisschen bange vor dem fremden, alten Weib.

»Komm doch her und erzähl mir, wer du bist, und wie du hierherkommst!«, sagte sie.

Und Gerda erzählte ihr alles; und die Alte schüttelte den Kopf und sagte »Hm! hm!«, und als Gerda ihr alles gesagt und gefragt hatte, ob sie nicht den kleinen Kay gesehen hätte, sagte das Weib, dass er nicht hier vorbeigekommen sei, er werde aber schon noch kommen, sie sollte nur nicht betrübt sein, sondern lieber ihre Kirschen probieren und ihre Blumen anschauen, die seien schöner als jedes Bilderbuch, von denen könne jede eine ganze Geschichte erzählen. Dann nahm sie Gerda bei der Hand, sie gingen hinein in das kleine Haus, und das alte Weib schloss die Tür ab.

Die Fenster saßen hoch oben, und das Glas darin war rot, blau und gelb; das Tageslicht spielte so wunderlich darin in allen Farbtönen, aber auf dem Tisch standen die herrlichsten Kirschen, und Gerda aß so viele sie wollte, denn das durfte sie. Und während sie aß, kämmte das alte Weib ihr Haar mit einem goldenen Kamm, und das Haar lockte sich und schimmerte so wunderbar blond um das kleine, freundliche Gesicht, das so rund war und aussah wie eine Rose.

»So ein süßes kleines Mädchen habe ich mir richtig lange gewünscht«, sagte die Alte. »Nun sollst du sehen, wie gut wir beiden miteinander auskommen!«, und je länger sie das Haar der kleinen Gerda kämmte, desto mehr vergaß Gerda ihren Pflegebruder Kay; denn das alte Weib konnte zaubern, aber eine böse Zauberin war sie nicht, sie zauberte nur so ein bisschen zu ihrem eigenen Vergnügen, und nun wollte sie gerne die kleine Gerda behalten. Darum ging sie in den Garten, streckte ihren Krückstock gegen alle Rosenstöcke aus, und so wunderbar sie auch blühten, so sanken sie doch alle hinab in die schwarze Erde und man konnte nicht sehen, wo sie gestanden hatten. Die Alte hatte Angst, dass Gerda die Rosen sehen und dann an ihre eigenen denken würde und dass ihr dann wieder der kleine Kay in den Sinn käme und sie davonliefe.

Nun führte sie Gerda in den Blumengarten hinaus. – Nein! welcher Wohlgeruch, welche Wonne! alle erdenklichen Blumen, und das für jede Jahreszeit, standen hier im prächtigsten Blütenflor; kein Bilderbuch konnte bunter und schöner sein. Gerda hüpfte vor Freude, und sie spielte, bis die Sonne hinter den hohen Kirschbäumen unterging, da bekam sie ein herrliches Bett mit Bettdecken aus roter Seide, die waren mit blauen Veilchen gefüllt, und sie schlief und träumte darin so wunderbar wie nur eine Königin am Tag ihrer Hochzeit.

Am nächsten Tag konnte sie wieder im warmen Sonnenschein mit den Blumen spielen –, und so vergingen viele Tage. Gerda kannte jede Blume, doch so viele da auch waren, war ihr doch immer, als ob eine fehlte, nur welche, das wusste sie nicht. Da sitzt sie eines Tages so da und blickt auf den Sonnenhut des alten Weibes mit den gemalten Blumen, und just die schönste davon war eine Rose. Die Alte hatte vergessen, sie vom Hut zu entfernen, als sie die anderen in die Erde brachte. Aber so geht es, wenn man seine Gedanken nicht zusammenhält! »Was!«, sagte Gerda, »sind hier keine Rosen!«, und sprang zwischen den Beeten herum, suchte und suchte, aber es waren keine zu finden; da setzte sie sich nieder und weinte, aber ihre heißen Tränen fielen gerade dort nieder, wo ein Rosenstock versunken war, und als die warmen Tränen die Erde wässerten, schoss der Stock mit einem Mal empor, so blühend wie in dem Augenblick, in dem er versunken war, und Gerda umschlang ihn, küsste ihn und dachte an die herrlichen Rosen zu Hause und mit ihnen an den kleinen Kay.

»Oh, wie habe ich mich verspätet!«, sagte das kleine Mädchen. »Ich sollte ja Kay finden! – Wisst ihr nicht, wo er ist?«, fragte sie die Rosen. »Glaubt ihr, er ist tot und fort?«

»Tot ist er nicht«, sagten die Rosen. »Wir sind ja in der Erde gewesen, da sind all die Toten, aber Kay war da nicht!«

»Danke, ihr Rosen!«, sagte die kleine Gerda, und sie ging zu den anderen Blumen und blickte in ihre Kelche und fragte: »Wisst ihr nicht, wo der kleine Kay ist?«

Aber jede Blume stand in der Sonne und träumte ihr eigenes Märchen oder ihre eigene Geschichte, davon bekam die kleine Gerda viele, so viele, aber niemand wusste etwas von Kay.

Und was sagte da die Feuerlilie?

»Hörst du die Trommel: bum! bum! das sind nur zwei Töne, immer bum! bum! hör das Klagelied der Frauen! hör wie die Priester rufen! – In ihrem langen roten Gewand steht die Hindufrau am Feuer, die Flammen schlagen über ihr und ihrem toten Mann zusammen; die Hindufrau aber denkt an den Lebenden hier im Kreise, an ihn, dessen Augen heißer als die Flammen brennen, an ihn, dessen Augenflammen ihrem Herzen näherkommen als die Flammen, die bald ihren Körper zu Asche verbrennen. Kann Herzensfeuer denn im Feuer sterben?«

»Davon verstehe ich kein bisschen!«, sagte die kleine Gerda.

»Das ist mein Märchen!«, sagte die Feuerlilie.

Was sagt die Windenblüte?

»Über den schmalen Gebirgsweg ragt eine alte Ritterburg hinaus; das dichte Immergrün wächst über die alten roten Mauern hinauf, Blatt an Blatt, rings um den Altan, und da steht ein wunderschönes Mädchen; sie beugt sich über das Geländer hinaus und sieht den Weg hinab. Keine Rose hängt so frisch von den Zweigen wie sie, keine Apfelblüte, wenn der Wind sie vom Baum davonträgt, schwebt leichter dahin als sie; wie raschelt das prächtige Seidengewand. ›Kommt er denn nicht!‹«

»Ist es Kay, den du meinst«, fragte die kleine Gerda.

»Ich spreche nur von meinem Märchen, meinem Traum«, antwortete die Windenblüte.

Was sagt das kleine Schneeglöckchen?

»Zwischen den Bäumen hängt an Seilen das lange Brett, das ist eine Schaukel; zwei niedliche kleine Mädchen, – die Kleidchen sind weiß wie Schnee, lange grüne Seidenbänder flattern von den Hüten – sitzen darauf und schaukeln; der Bruder, der größer ist als sie, steht aufrecht auf der Schaukel, er hat den Arm um das Seil gelegt, um sich festzuhalten, denn in der einen Hand hält er eine kleine Schale, in der anderen eine Tonpfeife, er bläst Seifenblasen; die Schaukel geht, und die Seifenblasen fliegen mit herrlichen, wechselnden Farben dahin; die letzte hängt noch am Pfeifenstiel und dehnt sich im Wind; die Schaukel geht. Der kleine schwarze Hund, leicht wie die Seifenblasen, stellt sich auf die Hinterbeine und will mit auf die Schaukel, die fliegt; der Hund plumpst herab, kläfft und ist wütend; die Schaukel schwingt und narrt ihn, die Seifenblasen platzen – ein schaukelndes Brett, ein zerspringendes Bild aus Schaum, das ist mein Lied!«

»Es mag wohl sein, dass es hübsch ist, was du da erzählst, aber du sagst es so traurig und erwähnst mit keinem Wort Kay. Was sagen die Hyazinthen?«

»Es waren einmal drei wunderschöne Schwestern, so durchsichtig und fein; das Gewand der Einen war rot, das der Zweiten blau, das der Dritten ganz weiß; Hand in Hand tanzten sie an dem stillen See im Mondschein. Sie waren keine Elfenmädchen, sie waren Menschenkinder. Da duftete es so süß, und die Mädchen verschwanden im Walde; der Duft wurde stärker; – drei Särge, darin lagen die lieblichen Mädchen, glitten aus dem Waldesdickicht über den See; Johanniskäferchen flogen schimmernd um sie her, wie kleine schwebende Lichter. Schlafen die tanzenden Mädchen, oder sind sie tot? – Der Blütenduft sagt, sie seien Leichen; die Abendglocke läutet für die Toten!«

»Du machst mich ganz betrübt«, sagte die kleine Gerda. »Du duftest so stark; ich muss an die toten Mädchen denken! ach, ist denn wirklich der kleine Kay tot? Die Rosen sind unten in der Erde gewesen, und die sagen nein!«

»Ding, dong!«, läuteten die Hyazinthenglocken. »Wir läuten nicht für den kleinen Kay, den kennen wir nicht! wir singen nur unser Lied, das einzige, das wir können!«

Und Gerda ging zur Butterblume, die aus den glänzenden grünen Blättern herausleuchtete.

»Du bist eine kleine helle Sonne!«, sagte Gerda. »Sag mir, ob du weißt, wo ich meinen Spielbruder finden soll?«

Und die Butterblume leuchtete so schön und sah wieder Gerda an, welches Lied konnte wohl die Butterblume singen? Das war auch nicht über Kay.

»In einen kleinen Hof schien Gottes Sonne so warm am ersten Frühlingstag; die Strahlen glitten an den weißen Mauern des Nachbarn herab, dicht daneben wuchsen die ersten gelben Blumen, leuchtendes Gold in den warmen Sonnenstrahlen; die alte Großmutter war draußen in ihrem Stuhl, die Enkeltochter, das arme, schöne Dienstmädchen, kam auf einen kurzen Besuch nach Hause; sie küsste die Großmutter. Es war Gold, Herzensgold in dem gesegneten Kuss. Gold auf den Mund, Gold im Grund, Gold in heller Morgenstund'! Sieh, das ist meine kleine Geschichte!«, sagte die Butterblume.

»Meine arme alte Großmutter!«, seufzte Gerda. »Ja die hat bestimmt Sehnsucht nach mir, sie hat Kummer um mich, genau wie damals um den kleinen Kay. Aber ich komme bald wieder nach Hause, und dann bring ich Kay mit. – Es hilft nichts, dass ich die Blumen frage, die können nur ihr eigenes Lied, die sagen mir nicht Bescheid!«, und dann band sie ihr Kleidchen hoch, damit sie schneller laufen könnte; aber die Osterglocke schlug ihr gegen die Beine, als sie darüber sprang; da blieb sie stehen, sah die lange gelbe Blume an und fragte: »Weißt du vielleicht etwas?«, und sie beugte sich hinunter zur Osterglocke. Und was sagte die?

»Ich kann mich selber sehn! ich kann mich selber sehn!«, sagte die Osterglocke. »Oh, oh, wie ich dufte! – Oben in der Dachkammer, halb angezogen, steht eine kleine Tänzerin, sie steht bald auf einem Bein, bald auf zweien, sie gibt der ganzen Welt einen Tritt, sie ist bloß Blendwerk für die Augen. Sie gießt Wasser aus einem Teekessel auf ein Stück Stoff, das sie in der Hand hält, das ist ihr Schnürleibchen; – Reinlichkeit ist eine schöne Sache! das weiße Kleid hängt am Haken, das ist auch im Teekessel gewaschen und auf dem Dach getrocknet; das zieht sie an, das safrangelbe Tuch um den Hals, dann leuchtet das Kleid noch weißer. Das Bein in die Höhe! sieh wie sie emporragt auf einem Stiel! ich kann mich selber sehn! ich kann mich selber sehn!«

»Das kümmert mich nicht im Geringsten!«, sagte Gerda. »Das ist nichts, was man mir erzählen muss!«, und dann lief sie zum Rand des Gartens.

Das Tor war verschlossen, aber sie rüttelte an der rostigen Krampe, da ging sie los, und das Tor sprang auf, und dann lief die kleine Gerda auf nackten Füßen hinaus in die weite Welt. Sie sah dreimal zurück, aber da war niemand, der hinter ihr herkam; zuletzt konnte sie nicht mehr laufen und setzte sich auf einen großen Stein, und als sie sich umsah, war der Sommer vorbei, es war spät im Herbst, das hatte man da drinnen in dem wunderbaren Garten gar nicht merken können, wo immer Sonnenschein war und die Blumen aus allen Jahreszeiten.

»Gott! wie habe ich mich verspätet!«, sagte die kleine Gerda: »Es ist ja Herbst geworden! dann darf ich mich nicht ausruhen!«, und sie erhob sich, um zu gehen.

Oh, wie waren ihre kleinen Füße weh und müde, und ringsum sah es kalt und rau aus; die langen Weidenblätter waren ganz gelb, und der Nebel tropfte als Wasser von ihnen herunter, ein Blatt nach dem anderen fiel, nur der Schlehdorn trug Früchte, so herb, dass sich der Mund davon zusammenzog. O wie war es grau und schwer in der weiten Welt.

Vierte Geschichte

Prinz und Prinzessin

Gerda musste sich wieder ausruhen; da hüpfte dort über den Schnee, gegenüber der Stelle, an der sie saß, ein großer Krähenmann, der hatte lange da gesessen, sie angeschaut und mit dem Kopf gewackelt; jetzt sagte er: »Kra! kra! – Tag, Tag!« Besser konnte er es nicht sagen, aber er meinte es so gut mit dem kleinen Mädchen und fragte, wohin sie denn so allein ginge, hinaus in die weite Welt. Das Wort: *allein* verstand Gerda sehr gut und fühlte recht gut, wie viel darin lag, und dann erzählte sie dem Krähenmann ihr ganzes Leben und fragte, ob er nicht den kleinen Kay gesehen hätte.

Und die Krähe nickte ganz bedächtig und sagte: »kann sein! kann sein!«

»Was, glaubst du!«, rief das kleine Mädchen und hätte ihn beinahe totgedrückt, so küsste sie ihn.

»Vernünftig, vernünftig!«, sagte die Krähe. »Ich glaube, ich weiß, – ich glaube, das kann der kleine Kay sein! aber jetzt hat er dich bestimmt vergessen, wegen der Prinzessin!«

»Wohnt er bei einer Prinzessin?«, fragte Gerda.

»Ja hör!«, sagte die Krähe, »aber es fällt mir so schwer, deine Sprache zu sprechen. Wenn du Rabianisch verstehst, kann ich besser erzählen!«

»Nein, das hab ich nicht gelernt!«, sagte Gerda, »aber Großmutter konnte es, und die P-Geheimsprache konnte sie auch. Hätte ich das nur gelernt!«

»Macht nichts!«, sagte die Krähe, »ich erzähle, so gut ich kann, aber schlecht wird es so oder so«, und dann erzählte sie, was sie wusste.

»In dem Königreich, in dem wir jetzt sitzen, wohnt eine Prinzessin, die ist so ungeheuer klug, aber sie hat nun auch alle Zeitungen gelesen, die es auf der Welt gibt, und alle wieder vergessen, so klug ist sie. Neulich sitzt sie auf dem Thron, und so furchtbar lustig ist das auch nicht, heißt es, da summt sie so mir nichts, dir nichts ein Lied, das war just dieses: ›warum soll ich nicht Hochzeit machen!‹ ›Also hör mal, da ist was dran!‹, sagt sie, und dann wollte sie Hochzeit machen, aber sie wollte einen Mann, der zu antworten verstand, wenn man etwas zu ihm sagte, einen der nicht bloß dastand und vornehm aussah, denn das ist so langweilig. Da ließ sie alle Hofdamen zusammentrommeln, und als die hörten, was sie wollte, waren sie so vergnügt, ›das gefällt mir ausgesprochen!‹, sagten sie, ›an so was habe ich neulich auch gedacht!‹ – Du kannst mir glauben, dass es die Wahrheit ist, jedes Wort das ich sage!«, sagte die Krähe. »Ich habe eine zahme Liebste, die läuft frei im Schloss herum, und die hat mir alles erzählt!«

Das war natürlich auch eine Krähe, seine Liebste, denn Krähe sucht Nähe, und zwar die einer Krähe.

»Die Zeitungen erschienen gleich mit einem Rand aus Herzen und dem Namenszug der Prinzessin; da konnte man lesen, dass es jedem gutaussehenden jungen Mann freistünde, aufs Schloss hinaufzukommen und mit der Prinzessin zu reden, und der, der so redete, dass man hören konnte, dass er hier zu Hause war und am besten redete, den wollte die Prinzessin zum Mann nehmen! – Ja, ja!«, sagte die Krähe, »du kannst mir glauben, das ist so sicher wie ich hier sitze, das Volk strömte, es war ein Gedränge und eine Rennerei, aber es klappte nicht, weder am ersten noch am zweiten Tag. Sie konnten allesamt gut reden, wenn sie draußen auf der Straße waren, aber wenn sie zum Schlosstor hereinkamen und die Garden in Silber sahen, und oben auf den Treppen die Lakaien in Gold und die großen erleuchteten Säle, dann waren sie ganz verblüfft; und standen sie vor dem Thron, auf dem die Prinzessin saß, dann wussten sie nichts zu sagen als nur das letzte Wort, das sie gesagt hatte, und das nochmal zu hören, darauf gab sie nichts. Es war gerade, als hätten die Leute da drinnen Schnupftabak im Magen und wären in Winterschlaf gefallen, bis sie wieder auf die Straße hinauskamen, ja, dann konnten sie plappern. Da stand eine lange Reihe vom Stadttor bis zum Schloss. Ich war selbst drin und hab's gesehen!«, sagte die Krähe. »Sie wurden hungrig und durstig, aber vom Schloss bekamen sie nicht mal ein armseliges Glas lauwarmes Wasser. Ein paar von den Klügsten hatten wohl ein Butterbrot mitgenommen, aber die teilten nicht mit ihrem Nachbarn, die dachten so bei sich: lass ihn nur hungrig aussehen, dann nimmt die Prinzessin ihn nicht!«

»Aber Kay, der kleine Kay!«, fragte Gerda. »Wann kommt er? War er einer von den vielen?«

»Nur die Ruhe! die Ruhe! nun sind wir gleich bei ihm! das war am dritten Tag, da kam da eine kleine Person, ohne Pferd oder Wagen, ganz keck marschierte er gerade zum Schloss hinauf; seine Augen glänzten wie deine, er hatte wunderschönes langes Haar, aber sonst ganz armselige Kleider!«

»Das war Kay!«, jubelte Gerda. »Oh, dann habe ich ihn also gefunden!«, und sie klatschte in die Hände.

»Er hatte einen kleinen Ranzen auf dem Rücken!«, sagte die Krähe.

»Nein, das war bestimmt sein Schlitten!«, sagte Gerda, »denn mit dem Schlitten ist er weggegangen!«

»Das kann gut sein!«, sagte die Krähe, »ich hab nicht so genau hingesehen! aber das weiß ich von meiner zahmen Liebsten, dass er, als er zum Schlosstor hereinkam und die Leibwache in Silber sah und oben auf der Treppe die Lakaien in Gold, da war er nicht das kleinste bisschen verzagt, er nickte und sagte zu denen: ›das muss langweilig sein, auf der Treppe zu stehen, ich gehe lieber rein!‹ Dort glänzten die Säle vor Kerzen; Geheimräte und Exzellenzen gingen auf bloßen Füßen und trugen Goldschalen; da konnte man schon feierlich werden! seine Stiefel knirschten so entsetzlich laut, aber er war doch nicht bange!«

»Ganz bestimmt ist das Kay!«, sagte Gerda, »ich weiß, er hatte neue Stiefel, ich habe sie knirschen hören in Großmutters Stube!«

»Ja knirschen, das taten sie!«, sagte die Krähe, »und keck ging er geradewegs bis zur Prinzessin, die saß auf einer Perle, so groß wie ein Spinnrad; und alle Hofdamen mit ihren Mädchen und den Mädchen ihrer Mädchen, und alle Kavaliere mit ihren Dienern und den Dienern ihrer Diener, die Burschen haben, standen ringsum aufgestellt; und je näher sie an der Tür standen, umso stolzer sahen sie aus. Der Bursche der Diener der Diener, der immer in Pantoffeln herumläuft, ist schon fast nicht mehr anzuschauen, so stolz steht er in der Tür!«

»Das muss grässlich sein!«, sagte die kleine Gerda. »Und Kay hat die Prinzessin *doch* gekriegt!«

»Wäre ich nicht eine Krähe gewesen«, sagte der Krähenmann, »dann hätte ich sie genommen, und das, obwohl ich verlobt bin. Er soll ebenso gut geredet haben, wie ich rede, wenn ich Rabianisch rede, das habe ich von meiner zahmen Liebsten. Er war keck und niedlich; er war überhaupt nicht gekommen, um um ihre Hand anzuhalten, sondern ganz allein, um die Klugheit der Prinzessin zu hören, und die fand er gut, und sie fand ihn auch gut!«

»Ja, bestimmt! das war Kay!«, sagte Gerda, »er war so klug, er konnte Kopfrechnen mit Brüchen! – Oh, willst du mich nicht ins Schloss bringen!«

»Ja, das ist leicht gesagt!«, sagte die Krähe. »Aber wie stellen wir das an? Ich muss mit meiner zahmen Liebsten darüber reden; sie kann uns wohl Rat geben; denn das eine muss ich dir sagen, so ein kleines Mädchen wie du, das bekommt niemals die Erlaubnis, ordentlich hineinzugehen!«

»Doch, das tu ich!«, sagte Gerda. »Wenn Kay hört, dass ich hier bin, kommt er gleich her und holt mich!«

»Warte da am Zaun auf mich!«, sagte der Krähenmann, wackelte mit dem Kopf und flog davon.

Erst als es schon Abend und dunkel geworden war, kam er wieder zurück: »Rar! rar!«, sagte er. »Ich soll dich vielmals von ihr grüßen! und hier ist ein Stückchen Brot für dich, das hat sie aus der Küche genommen, da ist Brot genug, und du hast bestimmt Hunger! – Es ist nicht möglich, dass du ins Schloss gelangst, du bist ja barfuß; die Garde in Silber und die Lakaien in Gold werden es nicht erlauben; aber weine nicht, du sollst doch noch da hinaufkommen. Meine Liebste kennt eine kleine Hintertreppe, die zur Schlafkammer führt, und sie weiß, wo man den Schlüssel holt!«

Und sie gingen in den Park, in die große Allee, wo ein Blatt nach dem andern fiel, und als im Schloss die Lichter ausgingen, eins nach dem andern, führte der Krähenmann die kleine Gerda zu einer Hintertür, die nur angelehnt war.

Oh, wie Gerdas Herz vor Angst und Sehnsucht klopfte! es war gerade so, als sollte sie etwas Böses tun, und sie wollte doch bloß herausbekommen, ob es der kleine Kay war; ja, das musste er sein; sie dachte so lebhaft an seine klugen Augen, seine langen Haare; sie konnte richtig vor sich sehen, wie er lächelte, wie damals, als sie zu Hause unter den Rosen saßen. Er würde sich bestimmt freuen, sie zu sehen, zu hören, welchen langen Weg sie um seinetwillen gegangen war, zu erfahren, wie betrübt sie alle zu Hause gewesen waren, als er nicht zurückkam. Oh, das war eine Furcht und eine Freude.

Jetzt waren sie auf der Treppe; da brannte eine kleine Lampe auf einem Schrank; mitten auf dem Fußboden stand die zahme Krähe und drehte den Kopf nach allen Seiten und betrachtete Gerda, die sich verbeugte, wie sie es von der Großmutter gelernt hatte.

»Mein Verlobter hat so hübsch von Ihnen gesprochen, mein kleines Fräulein«, sagte die zahme Krähe, »ihre *Vita*, wie man so sagt, ist auch zu rührend! – Wollen Sie die Lampe nehmen, dann gehe ich voraus. Wir nehmen den direkten Weg hier, da begegnet uns nämlich niemand!«

»Mir ist, hier kommt jemand direkt hinter uns her!«, sagte Gerda, und es sauste an ihr vorüber; es ging wie Schatten über die Mauern hin, Pferde mit flatternden Mähnen und dünnen Beinen, Jägersburschen, Herren und Damen zu Pferd.

»Das sind nur die Träume!«, sagte die Krähe, »die kommen und holen die Gedanken der hohen Herrschaften zur Jagd, gut ist das, dann können Sie sie besser im Bett betrachten. Aber lassen Sie mich sehen, wenn Sie zu Ehren und Würden kommen, dass Sie da auch ein dankbares Herz zeigen!«

»Aber davon redet man doch nicht!«, sagte der Krähenmann aus dem Wald.

Nun kamen sie in den ersten Stock, der war aus rosenrotem Atlasstoff mit künstlichen Blumen an den Wänden; hier sausten schon die ersten Träume vorüber, aber die fuhren so hurtig dahin, dass Gerda die hohe Herrschaft nicht zu sehen bekam. Der eine Saal wurde prächtiger als der andere; ja das war wirklich verblüffend, und jetzt waren sie im Schlafzimmer. Die Decke hier drinnen glich einer großen Palme mit Blättern aus Glas, kostbarem Glas, und mitten über dem Boden hingen an einem dicken goldenen Stiel zwei Betten, die jedes wie Lilien aussahen: das eine war weiß, darin lag die Prinzessin, das andere war rot, und das war dasjenige, in dem Gerda den kleinen Kay suchen sollte; sie beugte eines der roten Blätter beiseite und da sah sie einen braunen Nacken. – Oh, das war Kay! – Sie rief ganz laut seinen Namen, hielt die Lampe dicht über ihn – die Träume kamen zu Pferde wieder in die Stube gesaust – er wachte auf, drehte den Kopf und – – es war nicht der kleine Kay.

Der Prinz ähnelte ihm nur im Nacken, aber jung und schön war er. Und aus dem weißen Lilienbett blinzelte die Prinzessin herüber und fragte, was es da gäbe. Da weinte die kleine Gerda und erzählte ihr ihre Geschichte und alles, was die Krähen für sie getan hatten.

»Du kleines armes Ding!«, sagten der Prinz und die Prinzessin, und sie lobten die Krähen und sagten, dass sie überhaupt nicht böse auf sie wären, aber das sollte doch nicht noch öfter vorkommen. Allerdings sollten sie eine Belohnung erhalten.

»Wollt ihr frei herumfliegen?«, fragte die Prinzessin, »oder wollt ihr eine feste Stelle als Hofkrähen mit allem, was in der Küche abfällt?«

Und beide Krähen verbeugten sich und baten um die feste Stelle; denn sie dachten an ihr Alter und sagten, »es wäre so gut für den alten Mann«, wie man bei ihnen sagt.

Und der Prinz stand aus seinem Bett auf und ließ Gerda darin schlafen, und mehr konnte er nicht tun. Sie faltete ihre kleinen Hände und dachte: »wie gut doch Menschen und Tiere sind«, und dann schloss sie ihre Augen und schlief einen so gesegneten Schlaf. Alle Träume kamen wieder hereingeflogen, und da sahen sie aus wie Gottes Engel, und sie zogen einen kleinen Schlitten, und auf dem saß Kay und nickte; aber das Ganze war nur Träumerei, und darum war es auch wieder verschwunden, sobald sie erwachte.

Am nächsten Tag wurde sie von Kopf bis Fuß in Samt und Seide eingekleidet; man bot ihr an, im Schloss zu bleiben und gute Tage zu haben, aber sie bat nur darum, einen kleinen Wagen mit einem Pferd davor zu bekommen und ein Paar kleine Stiefel, dann wollte sie wieder hinausfahren in die weite Welt und Kay finden.

Und sie bekam sowohl Stiefel als auch einen Muff; sie wurde so niedlich eingekleidet, und als sie aufbrechen wollte, hielt an der Tür eine neue Kutsche aus purem Gold; das Wappen von Prinz und Prinzessin leuchtete daraus hervor wie ein Stern; Kutscher, Diener und Vorreiter, denn da waren auch Vorreiter, saßen da und trugen Goldkronen. Der Prinz und die Prinzessin halfen ihr selbst in den Wagen und wünschten ihr alles Glück. Der Waldkrähenmann, der nun geheiratet hatte, begleitete sie die ersten drei Meilen; er saß neben ihr, denn er konnte es nicht ertragen, gegen die Fahrtrichtung zu sitzen; die Krähendame stand an der Pforte und schlug mit den Flügeln, sie kam nicht mit, denn sie litt an Kopfweh, seit sie die feste Stelle und zu viel zu essen hatte. Innen war die Kutsche mit Zuckerkringeln ausgekleidet, und auf dem Sitz lagen Früchte und Pfeffernüsse.

»Leb wohl! Leb wohl!«, riefen der Prinz und die Prinzessin, und die kleine Gerda weinte, und der Krähenmann weinte; – so ging es die ersten Meilen; da sagte auch der Krähenmann »Lebwohl«, und das war der schwerste Abschied; er flog in einen Baum hinauf und schlug mit seinen schwarzen Flügeln, solange er den Wagen sehen konnte, der leuchtete, als wäre es der klare Sonnenschein.

Fünfte Geschichte

Das kleine Räubermädchen

Sie fuhren durch den dunklen Wald, aber die Kutsche leuchtete wie ein loderndes Feuer, das stach den Räubern in die Augen, das konnten sie nicht aushalten.

»Das ist Gold! das ist Gold!«, riefen sie, stürzten hervor, ergriffen die Pferde, schlugen die kleinen Jockeys, den Kutscher und die Diener tot und zogen nun die kleine Gerda aus dem Wagen.

»Sie ist fett, sie ist niedlich, sie ist mit Nusskernen gemästet!«, sagte das alte Räuberweib, das einen langen, struppigen Bart hatte und Augenbrauen, die ihr über die Augen herunterhingen.

»Das ist so gut wie ein kleines Mastlamm! na, wie die schmecken wird!«, und dann zog sie ihr blankes Messer heraus, und das schimmerte so, dass es einen grauste.

»Au!«, sagte das Weib genau in diesem Moment, in dem sie ins Ohr gebissen wurde von ihrer eigenen kleinen Tochter, die ihr auf dem Rücken hing und so wild und ungezogen war, dass es eine Lust war. »Du grässliches Balg!«, sagte die Mutter und hatte gar keine Zeit mehr, Gerda zu schlachten.

»Sie soll mit mir spielen«, sagte das kleine Räubermädchen. »Sie soll mir ihren Muff geben, ihr schönes Kleid, bei mir in meinem Bett schlafen!«, und dann biss sie wieder zu, dass das Räuberweib in die Höhe sprang und sich drehte, und alle Räuber lachten und sagten: »sieh wie sie tanzt mit ihrem Balg!«

»Ich will in die Kutsche!«, sagte das kleine Räubermädchen, und sie musste und würde ihren Willen bekommen, denn sie war so verwöhnt und so halsstarrig. Sie und Gerda setzten sich hinein, und dann fuhren sie über Stock und Stein tiefer in den Wald. Das kleine Räubermädchen war so groß wie Gerda, aber stärker, breitschultriger und von dunkler Haut; ihre Augen waren ganz schwarz, sie sahen fast betrübt aus. Sie umschlang die kleine Gerda und sagte: »Die sollen dich nicht schlachten, solange ich nicht böse auf dich werde! Du bist wohl eine Prinzessin?«

»Nein«, sagte die kleine Gerda und erzählte ihr alles, was sie erlebt hatte, und wie sehr sie den kleinen Kay liebhatte.

Das Räubermädchen blickte sie ganz ernst an, nickte ein wenig mit dem Kopf und sagte: »Die sollen dich nicht schlachten, nicht einmal wenn ich böse auf dich werde; dann werde ich es schon selber tun!«, und dann trocknete sie Gerdas Augen und schob dann ihre Hände in den schönen Muff, der war so weich und so warm.

Nun hielt die Kutsche an; sie waren mitten auf dem Hof eines Räuberschlosses; das war von oben bis unten zerrissen, Raben und Krähen kamen aus den offenen Löchern geflogen, und die großen Bullenbeißer, von denen jeder aussah, als könnte er einen Menschen verschlucken, sprangen hoch empor, aber sie bellten nicht, denn das war verboten.

In dem großen, alten, rußigen Saal brannte mitten auf dem steinernen Boden ein großes Feuer; der Rauch zog unter der Decke dahin und musste selbst sehen, wo es hinausging; in einem großen Braukessel kochte Suppe, und Hasen und Kaninchen wurden am Spieß gedreht.

»Du sollst heute Nacht mit mir hier schlafen, bei all meinen kleinen Tierchen!«, sagte das Räubermädchen. Sie kriegten zu essen und zu trinken und gingen dann in eine Ecke, wo Stroh und Decken lagen. Darüber saßen auf Latten und Stangen fast hundert Tauben, die alle aussahen, als ob sie schliefen, sich aber doch ein bisschen drehten, als die kleinen Mädchen kamen.

»Das sind alles meine!«, sagte das kleine Räubermädchen und packte rasch eine der nächsten, hielt sie an den Beinen und schüttelte sie, dass sie mit den Flügeln schlug. »Küss sie!«, schrie sie und klatschte sie Gerda mitten ins Gesicht. »Da sitzen die Wald-Kanaillen!«, setzte sie fort und wies hinter eine Reihe von Gitterstäben, die vor ein Loch hoch oben in der Mauer geschlagen waren. »Das sind Wald-Kanaillen, die beiden! die fliegen sofort weg, wenn man sie nicht richtig eingesperrt hat; und hier steht Bäh, mein alter Liebster!«, und sie zog ein Rentier an den Hörnern, das einen blanken Kupferring um den Hals trug und gefesselt war. »Ihn müssen wir genauso an der kurzen Leine halten, sonst springt er uns auch davon. Jeden Abend, immer wieder, kitzle ich ihn am Hals mit meinem scharfen Messer, davor ist er so bange!«, und das kleine Mädchen zog ein langes Messer aus einem Spalt in der Mauer und ließ es über den Hals des Rentiers gleiten; das arme Tier schlug mit den Beinen aus, und das Räubermädchen lachte und zog Gerda mit sich herunter ins Bett.

»Willst du das Messer dabeihaben, wenn du schlafen sollst?«, fragte Gerda und blickte es etwas bang an.

»Ich schlafe immer mit einem Messer!«, sagte das kleine Räubermädchen. »Man weiß nie, was noch kommen kann. Aber erzähl mir jetzt nochmal, was du vorhin vom kleinen Kay erzählt hast und warum du in die weite Welt hinausgegangen bist.« Und Gerda erzählte von vorn, und die Waldtauben gurrten da oben in ihrem Käfig, die anderen Tauben schliefen. Das kleine Räubermädchen legte ihren Arm um Gerdas Hals, hielt das Messer in der anderen Hand und schlief, dass man es hören konnte; aber Gerda bekam überhaupt kein Auge zu, sie wusste nicht, ob sie leben oder sterben sollte. Die Räuber saßen rund ums Feuer, sangen und tranken, und das Räuberweib schlug Purzelbäume. Oh! das war ganz grausig anzusehen für das kleine Mädchen.

Da sagten die Waldtauben: »Gurre, gurre! wir haben den kleinen Kay gesehen. Ein weißes Huhn zog seinen Schlitten, er saß im Wagen der Schneekönigin, der fuhr niedrig über den Wald dahin, als wir im Nest lagen; sie blies uns Küken an, und alle sind gestorben bis auf uns beide; gurre! gurre!«

»Was sagt ihr da oben?«, rief die kleine Gerda, »wo ist die Schneekönigin hingereist? Wisst ihr etwas darüber?«

»Sie ist bestimmt nach Lappland gereist, denn da ist immer Eis und Schnee! frag nur das Rentier, das da am Strick gebunden steht!«

»Da sind Eis und Schnee, das ist gesegnet und gut!«, sagte das Rentier; »da springt man frei herum in den großen schimmernden Tälern! da hat die Schneekönigin ihr Sommerzelt, aber ihr festes Schloss ist oben zum Nordpol hin, auf der Insel, die Spitzbergen genannt wird!«

»O Kay, kleiner Kay!«, seufzte Gerda.

»Nun musst du aber still liegen!«, sagte das Räubermädchen, »sonst kriegst du das Messer in den Bauch!«

Am Morgen erzählte Gerda ihr alles, was die Waldtauben gesagt hatten, und das kleine Räubermädchen sah ganz ernst aus, aber sie nickte mit dem Kopf und sagte: »Das ist ja ganz gleich! das ist ja ganz gleich. – Weißt du, wo Lappland ist?«, fragte sie das Rentier.

»Wer sollte das besser wissen als ich«, sagte das Tier, und die Augen funkelten ihm im Kopf. »Da bin ich geboren und gesäugt worden, da bin ich übers Schneefeld gesprungen!«

»Hör zu!«, sagte das Räubermädchen zu Gerda, »du siehst, alle unsere Mannsleute sind weg, aber Mütterchen ist noch hier, und sie bleibt da, aber gegen Morgen trinkt sie aus der großen Flasche und gönnt sich dann ein kleines Nickerchen; – dann werde ich etwas für dich tun!« Jetzt sprang sie aus dem Bett, fuhr der Mutter um den Hals, zog sie am Schnurrbart und sagte: »na mein süßer kleiner Ziegenbock, guten Morgen!« Und die Mutter stupste ihr an die Nase, dass sie rot und blau wurde, aber das war alles nur aus reiner Liebe.

Als dann die Mutter aus der Flasche getrunken hatte und sich ein kleines Nickerchen gönnte, ging das Räubermädchen zum Rentier und sagte: »ich hätte eine sonderbare Lust, dich noch viele Male mit dem scharfen Messer zu kitzeln, denn dann wirst du so lustig, aber das ist jetzt ganz gleich, ich will deine Fessel lösen und dir nach draußen helfen, dass du nach Lappland laufen kannst, aber du sollst die Beine unter den Arm nehmen und mir dieses kleine Mädchen hier zum Schloss der Schneekönigin bringen, wo ihr kleiner Spielbruder ist. Du hast ja gehört, was sie erzählte, denn sie hat laut genug gesprochen, und du horchst doch!«

Das Rentier machte einen Luftsprung vor Freude. Das Räubermädchen hob die kleine Gerda empor und war so vorsichtig, sie festzubinden, ja ihr sogar ein kleines Kissen zu geben, auf dem sie sitzen konnte. »Das ist jetzt ganz gleich«, sagte sie, »da hast du deine zottigen Stiefel, es wird nämlich kalt, aber den Muff behalte ich, der ist doch zu niedlich! Du sollst aber trotzdem nicht frieren. Hier hast du Mutters dicke Fausthandschuhe, die gehen dir bis zum Ellenbogen, steck nur die Arme hinein! – Jetzt siehst du an den Händen aus wie meine widerliche Mutter!«

Und Gerda weinte vor Freude.

»Ich kann es nicht leiden, wenn du heulst!«, sagte das kleine Räubermädchen. »Nun sollst du ganz vergnügt aussehen! und da hast du zwei Brote und einen Schinken, dann musst du nicht hungern.« Beides wurde hinten auf das Rentier gebunden; das kleine Räubermädchen öffnete die Tür, lockte alle die großen Hunde herein, und dann schnitt sie den Strick entzwei mit ihrem Messer und sagte zum Rentier: »Und nun lauf! aber pass gut auf das kleine Mädchen auf!«

Und Gerda streckte die Hände, in den dicken Fausthandschuhen, dem Räubermädchen entgegen und sagte Lebewohl, und dann flog das Rentier davon über Busch und Strauch, durch den großen Wald, über Moore und Steppen, so rasch es konnte. Die Wölfe heulten, und die Raben schrien. »Piff! piff!«, sagte es am Himmel. Es war, als hätte er rotes Blut geniest.

»Das sind meine alten Nordlichter!«, sagte das Rentier, »sieh wie sie leuchten«, und dann lief es noch schneller davon, Nacht und Tag; die Brote wurden aufgegessen, und der Schinken dazu, und dann waren sie in Lappland.

Sechste Geschichte

Die Lappenfrau und die Finnenfrau

Sie hielten an einem kleinen Haus; das war so kümmerlich; das Dach ging bis zur Erde, und die Tür war so niedrig, dass die ganze Familie auf dem Bauch kriechen musste, wenn sie heraus- oder hineinwollten. Es war niemand zu Hause außer einer alten Lappenfrau, die bei einer Tranlampe Fisch briet; und das Rentier erzählte Gerdas ganze Geschichte, aber seine eigene zuerst, denn es meinte, die sei noch viel wichtiger, und Gerda war so erschöpft vor Kälte, dass sie nicht reden konnte.

»Ach, ihr Ärmsten!«, sagte die Lappenfrau, »da habt ihr noch weit zu laufen! Ihr müsst über hundert Meilen in die Finnmark hinein, denn dahin hat sich die Schneekönigin aufs Land zurückgezogen und zündet jeden Abend wieder ihr blaues Licht an. Ich will euch ein paar Zeilen auf einen gedörrten Klippfisch schreiben, Papier habe ich nicht, den will ich euch mitgeben für die Finnenfrau da oben, die kann euch besser Bescheid geben als ich!«

Und als Gerda sich wieder aufgewärmt und zu essen und zu trinken bekommen hatte, schrieb die Lappenfrau ein paar Zeilen auf einen gedörrten Klippfisch, bat Gerda, gut auf den achtzugeben, band sie wieder auf dem Rentier fest, und das sprang davon. »Piff! piff!«, sagte es oben in der Luft, die ganze Nacht hindurch brannten die herrlichsten blauen Nordlichter; – und dann kamen sie zur Finnmark und klopften am Schornstein der Finnenfrau an, denn sie hatte nicht mal eine Tür.

Da drinnen war eine solche Hitze, dass die Finnenfrau selbst fast nackt herumlief; klein war sie und ganz verdreckt; sie band der kleinen Gerda gleich die Kleider auf, nahm ihr die Fausthandschuhe und die Stiefel ab, weil es ihr sonst zu heiß geworden wäre, legte dem Rentier ein Stück Eis auf den Kopf und las dann, was auf dem Klippfisch stand; sie las es dreimal, dann konnte sie es auswendig und steckte den Fisch in den Essenstopf, denn den konnte man noch gut essen, und sie ließ nie etwas verkommen.

Nun erzählte das Rentier zuerst seine Geschichte und dann die der kleinen Gerda, und die Finnenfrau zwinkerte mit den klugen Augen, sagte aber nichts.

»Du bist so klug«, sagte das Rentier; »ich weiß, du kannst alle Winde auf der Welt in einen Nähfaden binden; wenn der Seemann den ersten Knoten löst, bekommt er guten Wind, löst er den anderen, dann bläst eine steife Brise, und löst er den dritten und den vierten, dann stürmt es, dass die Wälder umfallen. Willst du nicht dem Mädchen einen Trank geben, dass sie so stark wird wie zwölf Mann und die Schneekönigin überwinden kann?«

»Stark wie zwölf Mann!«, sagte die Finnenfrau; »o ja, das wird wohl reichen!«, und dann ging sie zu einem Wandbrett hinüber, nahm eine große aufgerollte Lederhaut herunter, und die rollte sie auseinander; es standen wunderliche Buchstaben darauf, und die Finnenfrau las, bis ihr das Wasser die Stirn herunterlief.

Aber das Rentier bat wieder so inständig für die kleine Gerda, und Gerda sah mit so bittenden Augen, voller Tränen, die Finnenfrau an, dass diese wieder mit ihren zu zwinkern begann und das Rentier in eine Ecke zog, wo sie ihm zuflüsterte, während es frisches Eis auf den Kopf bekam:

»Der kleine Kay ist zwar bei der Schneekönigin und findet dort alles nach seinen Wünschen und Gedanken und meint, es sei der beste Teil der Welt, aber das kommt daher, dass er einen Glassplitter ins Herz bekommen hat und ein kleines Glaskörnchen ins Auge; die müssen zuerst heraus, sonst wird er nie zum Menschen, und die Schneekönigin behält die Macht über ihn!«

»Aber kannst du nicht der kleinen Gerda etwas eingeben, dass sie Macht über das Ganze bekommt?«

»Ich kann ihr keine größere Macht geben als die, die sie jetzt schon hat! siehst du nicht, wie groß die ist? Siehst du nicht, wie Menschen und Tiere ihr dienen müssen, wie sie auf bloßen Füßen so gut in der Welt vorangekommen ist? Sie darf von uns nichts über ihre Macht wissen, die sitzt ihr im Herzen, die sitzt darin, dass sie ein süßes unschuldiges Kind ist. Wenn sie nicht selber zur Schneekönigin hineinkommen und das Glas aus dem kleinen Kay herausbekommen kann, dann können wir auch nicht helfen! Zwei Meilen von hier beginnt der Schlossgarten der Schneekönigin, dahin kannst du das kleine Mädchen tragen; setz sie an dem großen Busch ab, der mit seinen roten Beeren im Schnee steht, halt dich nicht lange mit Papperlapapp auf und sieh zu, dass du schnell zurück bist!« Und dann hob die Finnenfrau die kleine Gerda auf das Rentier, das lief, so schnell es konnte.

»Oh, ich hab meine Stiefel nicht mit! ich hab meine Fausthandschuhe nicht mit!«, rief die kleine Gerda, das spürte sie in der schneidenden Kälte, aber das Rentier durfte nicht stehen bleiben, es lief, bis es zu dem großen Busch mit den roten Beeren kam; da setzte es Gerda ab, küsste sie auf den Mund, und da liefen dem Tier große, blanke Tränen über die Wangen, und dann lief es, so schnell es konnte, wieder zurück. Da stand die kleine Gerda ohne Stiefel, ohne Handschuhe, mitten in der furchtbaren eiskalten Finnmark.

Sie lief voran, so schnell sie konnte; da kam ein ganzes Regiment von Schneeflocken; aber die fielen nicht vom Himmel, der war ganz klar und leuchtete vom Nordlicht; die Schneeflocken liefen zu ebener Erde dahin, und je näher sie kamen, umso größer wurden sie; Gerda erinnerte sich wieder, wie groß und kunstvoll sie ausgesehen hatten, damals als sie die Schneeflocken durch das Brennglas betrachtet hatte, aber hier waren sie wirklich auf ganz andere Weise groß und furchtbar, die waren lebendig, das waren die Vorposten der Schneekönigin; sie hatten die wunderlichsten Gestalten; manche sahen aus wie ekelhafte große Igel, andere wie ineinander verknäuelte Schlangen, die ihre Köpfe hervorstreckten, und andere wie kleine dicke Bären mit gesträubten Haaren, alle leuchteten weiß, alle waren sie lebendige Schneeflocken.

Da betete die kleine Gerda ihr Vaterunser, und die Kälte war so stark, dass sie ihren eigenen Atem sehen konnte; ganz wie ein Rauch stand er ihr aus dem Mund; der Atem wurde dichter und dichter und er formte sich zu kleinen hellen Engeln, die mehr und mehr wuchsen, sobald sie die Erde berührten; und alle hatten sie Helme auf dem Kopf und Speere und Schilde in den Händen; sie wurden mehr und mehr, und als Gerda ihr Vaterunser beendet hatte, war da eine ganze Legion um sie her; die hieben mit ihren Speeren in die großen Schneeflocken, dass sie in hundert Stücke zersprangen, und die kleine Gerda ging ganz sicher und keck geradeaus. Die Engel tippten ihr auf die Füße und auf die Hände, und da empfand sie weniger, wie kalt es war, und ging rasch voran zum Schloss der Schneekönigin.

Aber nun wollen wir zuerst sehen, wie es Kay ergeht. Er dachte ganz gewiss nicht an die kleine Gerda, und am allerwenigsten dachte er, dass sie draußen vor dem Schloss stand.

Siebente Geschichte

Was sich im Schloss der Schneekönigin zutrug und was seither geschah

Die Wände des Schlosses waren aus stiebendem Schnee und die Fenster und Türen aus den schneidenden Winden; da waren über hundert Säle, je nachdem wie der Schnee stob, der größte dehnte sich über viele Meilen, alle beleuchtet vom starken Nordlicht, und die waren so groß, so leer, so eisig kalt und so glänzend. Niemals gab es hier das kleinste Vergnügen, nicht einmal einen kleinen Bären-Ball, wo der Sturm zum Tanz aufblasen und die Eisbären auf den Hinterbeinen gehen und feine Manieren haben konnten; niemals eine kleine Spielgesellschaft mit Maulschellen und Lappentanz; niemals auch nur ein kleines bisschen Kaffeeklatsch der weißen Fuchs-Fräuleins; leer, groß und kalt war es in den Sälen der Schneekönigin. Die Nordlichter flackerten so genau auf, dass man mitzählen konnte, wann sie am höchsten und wann am niedrigsten Punkt angelangt waren. Mitten in dem leeren unendlichen Schneesaal gab es einen gefrorenen See; der war in Tausende Stücke zersplittert, aber jedes Stück glich so akkurat dem anderen, dass es ein vollkommenes Kunststück war; und mitten darauf saß die Schneekönigin, wenn sie zu Hause war, und dann sagte sie, dass sie im Spiegel des Verstandes sitze und dass dies das Einzige und das Beste in dieser Welt sei.

Der kleine Kay war ganz blau vor Kälte, ja fast schwarz, aber er spürte es doch nicht, denn sie hatte ihm ja den Kälteschauder weggeküsst, und sein Herz war so gut wie ein Eisklumpen. Er ging umher und schleppte einige scharfe flache Eisstücke, die er auf alle möglichen Weisen zusammenlegte, denn er wollte etwas aus ihnen herausbekommen; es war so, wie wenn wir anderen kleine Holzplatten haben und diese zu Figuren legen, die man das chinesische Spiel nennt. Kay ging auch hin und legte Figuren, die allerkunstvollsten, das war das *Eisspiel des Verstan-*

des, in seinen Augen waren die Figuren ganz vorzüglich und von der allerhöchsten Wichtigkeit; das machte das Glaskörnchen, das ihm im Auge saß! er legte ganze Figuren, die ein geschriebenes Wort waren, aber niemals wollte ihm das Wort gelingen, auf das es ihm gerade ankam, das Wort: *Ewigkeit*, und die Schneekönigin hatte gesagt: »Wenn du mir diese Figur herausbekommst, dann sollst du dein eigener Herr sein, und ich schenke dir die ganze Welt und ein Paar neuer Schlittschuhe!« Aber er konnte nicht.

»Jetzt sause ich in die warmen Länder!«, sagte die Schneekönigin, »ich will einen Blick in die schwarzen Kessel werfen!« – Das waren die feuerspeienden Berge, der Ätna und der Vesuv, wie man sie nennt. – »Ich werde sie etwas einweißen, das gehört dazu! das tut gut, wenn es sich auf die Zitronen und Weintrauben legt!«, und dann flog die Schneekönigin, und Kay saß ganz allein in dem viele Meilen großen leeren Eissaal und sah auf die Eisstücke und dachte und dachte, dass es in ihm knackte, ganz steif und stille saß er, man hätte glauben können, er sei erfroren.

Da geschah es, dass die kleine Gerda ins Schloss eintrat, durch das große Tor, das waren schneidende Winde; aber sie sprach ein Abendgebet, und da legten die Winde sich, als wollten sie schlafen, und sie trat ein in die großen, leeren, kalten Säle – da sah sie Kay, sie erkannte ihn, sie flog ihm um den Hals, hielt ihn so fest und rief: »Kay! süßer kleiner Kay! so hab ich dich doch gefunden!«

Aber er saß ganz still da, steif und kalt; – da weinte die kleine Gerda heiße Tränen, die fielen auf seine Brust, die drangen in sein Herz ein, die tauten den Eisklumpen auf und verzehrten den kleinen Spiegelsplitter; er sah sie an und sie sang das Kirchenlied:

»Im Tal die Rosen blühen fort und fort,
Da kommt zu uns vom Jesuskind das Wort!«

Da brach Kay in Tränen aus; er weinte, dass das Spiegelkörnchen aus seinem Auge kullerte, er erkannte sie und jubelte: »Gerda! süße kleine Gerda! – wo bist du denn so lange gewesen? Und wo bin ich gewesen?« Und er sah sich rings um. »Wie ist es hier kalt! wie ist es leer und groß!«, und er hielt sich an Gerda fest, und sie lachte und weinte vor Freude; das war so gesegnet, dass selbst die Eisstücke vor Freude ringsherum tanzten, und als sie müde waren und sich niederlegten, da formten sie ebenjene Buchstaben, von denen die Schneekönigin gesagt hatte, dass er sie herausbekommen sollte, dann wäre er sein eigener Herr, und sie wolle ihm die ganze Welt geben und ein Paar neuer Schlittschuhe.

Und Gerda küsste seine Wangen, und sie erblühten; sie küsste seine Augen, und sie leuchteten wie ihre, sie küsste seine Hände und Füße, und er war gesund und frisch. Sollte die Schneekönigin doch nach Hause kommen: sein Freibrief stand da geschrieben mit schimmernden Eisstücken.

Und sie fassten einander bei der Hand und wanderten aus dem großen Schloss hinaus; sie sprachen von Großmutter und von den Rosen oben auf dem Dach; und wo sie gingen, lagen die Winde ganz still und die Sonne brach hervor; und als sie zu dem Busch mit den roten Beeren kamen, stand da das Rentier und wartete; das hatte ein anderes junges Ren bei sich, dessen Euter gefüllt war, und das gab den Kleinen seine warme Milch und küsste sie auf den Mund. Dann trugen sie Kay und Gerda zuerst zur Finnenfrau, wo sie sich in der heißen Stube aufwärmten und Bescheid für die Heimreise bekamen, dann zur Lappenfrau, die ihnen neue Kleider genäht und ihren Schlitten instand gesetzt hatte.

Und das Rentier und das junge Ren sprangen an ihrer Seite einher und begleiteten sie, geradewegs bis zur Landesgrenze, da lugte das erste Grün hervor, da nahmen sie Abschied vom Rentier und von der Lappenfrau. »Lebewohl!«, sagten sie allesamt. Und die ersten kleinen Vögel begannen zu zwitschern, der Wald hatte grüne Knospen, und heraus aus ihm kam auf einem prächtigen Pferd, das Gerda erkannte (es war vor die Goldkutsche gespannt gewesen), ein junges Mädchen geritten, mit leuchtend roter Kopfhaube und Pistolen vor sich; das war das kleine Räubermädchen, das es leid war, zu Hause zu bleiben, und nun zuerst Richtung Norden und dann in eine andere Gegend wollte, falls sie nicht recht vergnügt sein sollte. Sie erkannte gleich Gerda, und Gerda erkannte sie, das war eine Freude.

»Du bist ja ein feiner Knabe, so in der Welt herumzustiefeln!«, sagte sie zum kleinen Kay; »ich möchte wissen, ob du es verdienst, dass man deinetwegen bis ans Ende der Welt läuft!«

Aber Gerda streichelte ihre Wangen und fragte nach Prinz und Prinzessin.

»Die sind in fremde Länder gereist!«, sagte das Räubermädchen.

»Aber die Krähe?«, fragte die kleine Gerda.

»Ja die Krähe ist tot!«, antwortete sie. »Die zahme Geliebte ist Witwe geworden und trägt einen schwarzen Wollflicken am Bein; sie klagt jämmerlich, und das Ganze ist närrisch! – Aber jetzt erzähl mir, wie es dir ergangen ist, und wie du ihn hier zu fassen gekriegt hast!«

Und Gerda und Kay erzählten alle beide.

»Und Schnipp-schnapp-schnurre-basselurre!«, sagte das Räubermädchen, nahm sie beide bei der Hand und versprach, dass sie, wenn sie einmal durch ihre Stadt käme, kommen und sie besuchen wollte, und dann ritt sie hinaus in die weite Welt, aber Kay und Gerda gingen Hand in Hand, und wie sie gingen, war es ein wunderbarer Frühling mit Blumen und Grün; die Kirchenglocken klangen, und sie erkannten die hohen Türme, die große Stadt, das war die, in der sie wohnten, und in die gingen sie hinein und bis zu Großmutters Tür, die Treppe hinauf, in die Stube hinein, wo alles noch am selben Platz stand wie zuvor, und die Uhr sagte: »tick! tick!«, und der Zeiger drehte sich; aber indem sie durch die Tür gingen, merkten sie, dass sie erwachsene Menschen geworden waren. Die Rosen aus der Dachrinne blühten zu den offenen Fenstern herein, und da standen die kleinen Kinderstühlchen, und Kay und Gerda setzten sich jeweils auf ihres und hielten einander bei der Hand, wie einen schweren Traum hatten sie die kalte leere Herrlichkeit bei der Schneekönigin vergessen. Großmutter saß in Gottes hellem Sonnenschein und las laut aus der Bibel vor: »wenn ihr nicht werdet wie die Kinder, kommt ihr nicht in Gottes Reich!«

Und Kay und Gerda sahen einander in die Augen, und da verstanden sie auf einmal das alte Kirchenlied:

»Im Tal die Rosen blühen fort und fort,
Da kommt zu uns vom Jesuskind das Wort!«

Da saßen die beiden, zwei Erwachsene und doch Kinder, Kinder im Herzen, und es war Sommer, der warme, gesegnete Sommer.

Anonym

Das Märchen vom Schnee

Vor vielen, vielen Jahren hatte der Schnee keine Farbe. Darüber war er sehr unglücklich, und so machte er sich auf, eine Farbe zu suchen. Alsbald kam er auf eine Wiese und bat das Gras um seine grüne Farbe. Aber das Gras lachte den Schnee aus und schickte ihn davon. Da ging der Schnee zum Veilchen und bat es, ihm seine veilchenblaue Farbe zu geben. Aber auch das Veilchen erhörte seine Bitte nicht. So ging der arme Schnee von Blume zu Blume, aber alle schickten ihn weg, keine wollte ihm ihre Farbe geben. Als er schon aufgeben wollte, traf der Schnee auf das Schneeglöckchen. Dieses hatte Mitleid mit ihm und fragte, wozu er die Farbe denn wolle. »Damit alle mich endlich sehen und vom Regen unterscheiden können«, antwortete der Schnee. Da hatte das Schneeglöckchen ein Einsehen und gab dem Schnee von seiner weißen Farbe.

Seit dieser Zeit macht der Schnee im Winter alles weiß. Die Blumen aber, die ihn verspotteten und abwiesen, lässt er erfrieren, nur das Schneeglöckchen, das verschont er – bis heute.

Oscar Wilde

Der selbstsüchtige Riese

Jeden Nachmittag, wenn die Kinder aus der Schule kamen, gingen sie hin und spielten im Garten des Riesen.

Es war ein großer, herrlicher Garten mit weichem grünem Gras. Hier und da ragten schöne Blumen wie Sterne aus dem Rasen, und es wuchsen zwölf Pfirsichbäume, die im Frühling zarte rosa und perlweiße Blüten trieben und im Herbst reiche Früchte trugen. Die Vögel saßen in den Bäumen und sangen so süß, dass die Kinder oft in ihren Spielen innehielten, um ihnen zu lauschen. »Wie glücklich sind wir hier!«, riefen sie einander zu.

Eines Tages kehrte der Riese zurück. Er war bei seinem Freund, dem Menschenfresser von Cornwall, zu Besuch gewesen und sieben Jahre bei ihm geblieben. Als die sieben Jahre um waren, hatte er alles gesagt, was er zu sagen hatte, denn seine Konversationskunst war begrenzt, und er beschloss, zu seiner eigenen Burg zurückzureisen. Als er dort ankam, sah er die Kinder im Garten spielen.

»Was treibt ihr hier?«, rief er barsch, und die Kinder liefen davon.

»Mein Garten ist mein Garten«, sagte der Riese; »das versteht ja wohl jeder, und ich werde niemandem erlauben, darin zu spielen, als mir allein.« Also errichtete er ringsumher eine hohe Mauer und stellte eine Warntafel auf.

UNBEFUGTES BETRETEN
BEI STRAFE VERBOTEN

Er war ein sehr selbstsüchtiger Riese.

Nun hatten die armen Kinder keinen Ort mehr, an dem sie

spielen konnten. Sie versuchten, auf der Straße zu spielen, aber die Straße war sehr staubig und voll harter Steine, und das mochten sie gar nicht. Wenn der Unterricht zu Ende war, streiften sie oft um das hohe Gemäuer herum und sprachen von dem herrlichen Garten dahinter. »Wie glücklich waren wir dort«, sagten sie zueinander.

Dann kam der Frühling, und landauf, landab waren kleine Blüten und kleine Vögel zu sehen. Nur im Garten des Selbstsüchtigen Riesen herrschte noch immer Winter. Die Vögel sangen nicht gern darin, weil es keine Kinder gab, und die Bäume vergaßen zu blühen. Einmal steckte eine hübsche Blume ihr Köpfchen aus dem Gras, doch als sie die Warntafel sah, taten ihr die Kinder so leid, dass sie wieder ins Erdreich schlüpfte und weiterschlief. Die einzigen Leute, die sich freuten, waren der Schnee und der Frost. »Der Frühling hat diesen Garten vergessen«, riefen sie, »so wollen wir das ganze Jahr hier leben.« Der Schnee deckte das Gras mit seinem großen weißen Mantel zu, und der Frost bemalte alle Bäume silbern. Dann luden sie den Nordwind ein, bei ihnen zu wohnen, und er kam ebenfalls. Er war in Pelze gemummt, und er toste den ganzen Tag durch den Garten und blies die Schornsteinaufsätze herab. »Dies ist ein reizendes Fleckchen«, sagte er, »wir müssen den Hagel zu Besuch bitten.« So kam auch der Hagel. Jeden Tag trommelte er drei Stunden lang auf das Burgdach ein, bis fast alle Schiefer zertrümmert waren, und dann tobte er, so schnell er konnte, im Garten umher. Er war in Grau gekleidet, und sein Atem war wie Eis.

»Ich begreife nicht, weshalb der Frühling sich so verspätet«, sagte der Selbstsüchtige Riese, als er am Fenster saß und auf seinen kalten weißen Garten hinausblickte; »hoffentlich schlägt das Wetter bald um.«

Aber der Frühling kam nicht, und auch nicht der Sommer. Der Herbst bescherte jedem Garten goldene Früchte, nur dem Garten des Riesen bescherte er keine. »Er ist zu selbstsüchtig«, sagte er. So herrschte dort stets Winter, und der Nordwind und der Hagel und der Frost und der Schnee tanzten zwischen den Bäumen.

Eines Morgens lag der Riese wach im Bett, als er eine liebliche Musik vernahm. So süß klang sie ihm in den Ohren, dass er schon glaubte, es seien die Musikanten des Königs, die vorüberzögen. In Wahrheit war es nur ein kleiner Hänfling, der draußen vor seinem Fenster sang, aber er hatte schon so lange keinen Vogel mehr in seinem Garten singen hören, dass es ihm vorkam wie die schönste Musik der Welt. Da hörte der Hagel auf, über seinem Kopf zu tanzen, und der Nordwind ließ ab von seinem Tosen, und durch den geöffneten Fensterflügel wehte ein köstlicher Duft ihn an. »Ich glaube, der Frühling ist endlich gekommen«, sagte der Riese; und er sprang aus dem Bett und blickte hinaus.

Und was sah er?

Der allerschönste Anblick bot sich ihm. Durch eine kleine Bresche in der Mauer waren die Kinder hereingeschlüpft und saßen jetzt im Geäst der Bäume. In jedem Baum, so weit er blicken konnte, saß ein kleines Kind. Und die Bäume waren so froh, die Kinder wieder bei sich zu haben, dass sie sich mit Blüten bedeckt hatten und ihre Arme über den Köpfen der Kinder sanft hin und her schwangen. Die Vögel schwirrten umher und zwitscherten vor Freude, und die Blumen lugten aus dem grünen Gras hervor und lachten. Es war ein liebliches Bild, nur in einem Winkel herrschte noch Winter. Es war der entlegenste Winkel des Gartens, und dort stand ein kleiner Junge. Er war so klein, dass er nicht zu den Ästen des Baumes hinauflangen konnte, und so strich er um ihn herum und weinte bitterlich. Der arme Baum war noch ganz von Frost und Schnee bedeckt, und über ihm heulte und toste der Nordwind. »Steig herauf! kleiner Junge«, sagte der Baum und bog, so tief er konnte, seine Äste hernieder, aber der Junge war einfach zu klein.

Und das Herz des Riesen erweichte, als er hinaussah. »Wie selbstsüchtig bin ich doch gewesen!«, sagte er. »Jetzt weiß ich, weshalb der Frühling nicht hierherkommen wollte. Ich will den armen kleinen Jungen in den Wipfel des Baumes heben, und dann will ich die Mauer einreißen, und mein Garten soll den Kindern für alle Zeit ein Spielplatz sein.« Es reute ihn wirklich sehr, was er getan hatte.

So schlich er sich die Treppe hinab, öffnete ganz sachte die Burgtür und trat hinaus in den Garten. Aber als die Kinder ihn sahen, erschraken sie so sehr, dass sie alle davonliefen, und im Garten wurde es wieder Winter. Nur der kleine Junge lief nicht davon, denn seine Augen standen voller Tränen, so dass er den Riesen nicht kommen sah. Und der Riese stahl sich von hinten an ihn heran, nahm ihn behutsam in seine Hand und hob ihn hinauf in den Baum. Und der Baum brach sogleich in Blüten aus, und die Vögel kamen und sangen in ihm, und der kleine Junge streckte seine beiden Arme aus, schlang sie um des Riesen Hals und küsste ihn. Und als die anderen Kinder sahen, dass der Riese nicht länger böse war, kamen sie herbeigerannt, und mit ihnen kam der Frühling. »Das ist nun euer Garten, ihr Kindlein«, sagte der Riese, und er nahm eine große Axt und riss die Mauer ein. Und als die Leute um zwölf Uhr auf den Markt gingen, fanden sie, dass der Riese mit den Kindern in dem herrlichsten Garten spielte, den sie je gesehen hatten.

Sie spielten den ganzen Tag, und am Abend kamen sie zu dem Riesen, um ihm gute Nacht zu sagen.

»Aber wo ist euer kleiner Spielgefährte?«, fragte er. »Der Junge, den ich in den Baum gehoben habe?« Den hatte der Riese am liebsten, weil er ihn geküsst hatte.

»Wir wissen es nicht«, antworteten die Kinder; »er ist fortgegangen.«

»Ihr müsst ihm sagen, dass er morgen unbedingt wiederkommen soll«, sagte der Riese. Aber die Kinder sagten, sie wüssten nicht, wo er wohne, und hätten ihn nie zuvor gesehen; und der Riese war sehr traurig.

Jeden Nachmittag, wenn die Schule aus war, kamen die Kinder und spielten mit dem Riesen. Der kleine Junge jedoch, den der Riese liebte, wurde nie wieder gesehen. Der Riese war sehr freundlich zu all den Kindern, aber er sehnte sich doch nach seinem ersten kleinen Freund und sprach oft von ihm. »Wie gern würde ich ihn wiedersehen!«, sagte er immer wieder.

Jahre vergingen, und der Riese wurde recht alt und schwach. Er konnte nicht mehr draußen spielen, und so saß er in einem riesigen Lehnstuhl, sah den Kindern bei ihren Spielen zu und bewunderte seinen Garten. »Ich habe viele schöne Blumen«, sagte er; »aber die schönsten Blumen von allen sind doch die Kinder.«

Eines Wintermorgens, als er sich eben ankleidete, sah er aus seinem Fenster. Inzwischen hasste er den Winter nicht mehr, denn er wusste, dass es bloß der schlummernde Frühling war und dass die Blumen sich ausruhten.

Plötzlich rieb er sich verwundert die Augen und schaute und schaute. Und wirklich war es ein zauberhafter Anblick. Im entlegensten Winkel des Gartens stand ein Baum, ganz mit lieblichen weißen Blüten bedeckt. Seine Äste waren ganz golden, und silberne Früchte hingen von ihnen herab, und darunter stand der kleine Junge, den er geliebt hatte.

Voll höchster Freude lief der Riese die Treppe hinab und hinaus in den Garten. Er eilte über den Rasen und gelangte in die Nähe des Kindes. Und als er ganz dicht bei ihm stand, rötete sich sein Gesicht vor Zorn, und er sagte: »Wer hat es gewagt, dich zu verwunden?« Denn auf den Handflächen des Kindes waren die Male von zwei Nägeln, und Male von zwei Nägeln waren an den kleinen Füßen.

»Wer hat es gewagt, dich zu verwunden?«, rief der Riese. »Sage es mir, dass ich mein großes Schwert nehme und ihn erschlage.«

»Nein!«, entgegnete das Kind. »Dies sind die Wundmale der Liebe.«

»Wer bist du?«, fragte der Riese, und eine sonderbare Scheu ergriff ihn, und er kniete nieder vor dem kleinen Kind.

Und das Kind lächelte den Riesen an und sprach zu ihm: »Einst hast du mich in deinem Garten spielen lassen, heute sollst du mit mir kommen in meinen Garten, der da ist das Paradies.«

Und als die Kinder an diesem Nachmittag herbeigesprungen kamen, da fanden sie den Riesen tot unter dem Baum liegen, über und über mit weißen Blüten bedeckt.

Selma Lagerlöf

Die Legende vom Luciatag

Vor vielen hundert Jahren lebte im südlichen Värmland eine reiche und habgierige alte Frau, die Frau Rangela genannt wurde. Sie besaß an der schmalen Mündung der Bucht, die der Vänern tief ins Land schiebt, eine Burg, oder vielleicht sollten wir lieber von einem befestigten Hof sprechen. Dort hatte sie eine Brücke bauen lassen, die wie eine Zugbrücke über den engen Sund gesenkt werden konnte. Bei dieser Brücke hatte Frau Rangela eine Wache aus Knechten aufgestellt, und für Reisende, die den verlangten Wegzoll entrichteten, ließ die Wache sofort die Brücke herunter. Den anderen jedoch, die aus Armut oder aus irgendeinem anderen Grund nicht bezahlten, blieb die Brücke versperrt, und da es keine Fähre gab, mussten sie einen Umweg von vielen Meilen um die ganze Bucht herum machen.

Frau Rangelas Versuch, auf diese Weise den Reisenden ihr Geld abzunehmen, erregte großen Zorn, und sicher hätten die trotzigen Bauern, die ihre Nachbarn waren, sie schon längst gezwungen, ihnen freien Durchlass zu gewähren, wenn Frau Rangela nicht in Herrn Eskil von Börtsholm, dessen Ländereien an ihre grenzten, einen mächtigen Freund und Beschützer gehabt hätte. Dieser Herr Eskil, der eine echte Burg mit Mauern und Türmen bewohnte, der so reich war, dass seine gesamten Grundstücke eine ganze Provinz ausmachten, der gefolgt von sechzig bewaffneten Dienern durch das Land ritt und der noch dazu der vertraute Berater des Königs war, der war nicht nur ein guter Freund von Frau Rangela, sondern sie hatte ihn zudem zu ihrem Schwiegersohn machen können, und unter diesen Umständen war es nicht verwunderlich, dass niemand wagte, die gierige Dame bei ihren Unternehmungen zu stören.

Jahr um Jahr machte Frau Rangela unangefochten so weiter, bis ein Ereignis eintraf, das sie sehr beunruhigte. Ihre arme Tochter starb ganz unerwartet, und Frau Rangela wusste ja, dass jemand wie Herr Eskil, mit acht minderjährigen Kindern und einer Hofhaltung, die sich mit der eines Königs vergleichen ließ, alsbald eine neue Ehe eingehen würde, zumal er noch kein alter Mann war. Aber wenn die neue Gattin Frau Rangela feindlich gesinnt wäre, würde das zu argen Unannehmlichkeiten führen. Für Frau Rangela war es fast wichtiger, mit der Herrin auf Börtsholm befreundet zu sein als mit deren Gatten, denn Herr Eskil, der allerlei wichtige Geschäfte zu versehen hatte, war immer wieder auf Reisen, und in diesen Zeiten schaltete und waltete seine Gattin in Haus und Hof.

Frau Rangela überlegte sich die Sache gut, und als die Beerdigung überstanden war, ritt sie eines Tages nach Börtsholm hinüber und suchte Herrn Eskil in seinem Privatgemach auf. Dort erinnerte sie ihn als erstes an seine acht Kinder und die Fürsorge, die diese benötigten, an seine zahllosen Dienstboten, die versorgt, ernährt und gekleidet werden mussten, an die Gastmahle, zu denen er, ohne zu zögern, auch Könige und Königssöhne einlud, an die großen Erträge, die er aus seinen Ländereien, seinen Feldern, seinen Jagdgründen, seinen Bienenstöcken, seinen Hopfenfeldern und seinen Teichen zog, welch reiche Ernte auf dem Herrenhof erwirtschaftet und verarbeitet werden musste, an alles, mit einem Wort, wofür seine Gattin verantwortlich gewesen war, und zeichnete damit ein überaus beängstigendes Bild der großen Schwierigkeiten, die ihm nach dem Verlust selbiger Gattin drohten.

Herr Eskil lauschte mit der Ehrerbietung, die man seiner Schwiegermutter schuldet, aber auch mit einer gewissen Unruhe. Er fürchtete, Frau Rangela wolle sich als Haushälterin auf Börtsholm anbieten, und er war sicher, dass diese alte Frau mit dem Doppelkinn und der Hakennase, der rauen Stimme und dem bäurischen Betragen für ihn durchaus keine angenehme Gesellschaft sein würde.

»Lieber Herr Eskil!«, sagte nun Frau Rangela, die sich über diese mögliche Wirkung ihrer Rede durchaus im Klaren sein mochte. »Ich weiß, dass es Euch an Möglichkeiten zu einer überaus vortrefflichen Heirat nicht fehlt, aber ich weiß auch, dass Ihr reich genug seid, um mehr an das Wohlergehen Eurer Kinder zu denken als an Mitgift und Erbe, und deshalb wollte ich Euch vorschlagen, eine meiner jungen Nichten zur Nachfolgerin meiner Tochter zu machen.«

Herrn Eskils Miene hellte sich sichtlich auf, als er hörte, dass seine Schwiegermutter ihm eine junge Verwandte zuführen wollte, und Frau Rangela versuchte mit wachsender Zuversicht, ihn zu einer Heirat mit Lucia zu bewegen, der Tochter ihres Bruders, des Richters Sten Folkesson, die im kommenden Winter am Luciatag achtzehn Jahre alt sein würde. Die junge Lucia war bei den frommen Frauen im Kloster Riseberg erzogen worden und hatte dort nicht nur gute Sitten und strenge Gottesfurcht, sondern auch die Führung eines herrschaftlichen Haushaltes gelernt.

»Wenn Jugend und Armut ihr nicht im Wege stünden«, sagte Frau Rangela, »so müsstet Ihr Euch für sie entscheiden. Ich weiß, dass meine verstorbene Tochter ihr frohen Herzens die Fürsorge für ihre Kinder überlassen hätte. Sie braucht nicht aus dem Grab zu ihren Kleinen zurückzukehren, wie Frau Dyrit von Örehus, wenn Ihr die junge Lucia zur Stiefmutter ihrer Kleinen macht.«

Herr Eskil, der noch gar keine Zeit gehabt hatte, um über seine eigenen Angelegenheiten nachzudenken, war Frau Rangela überaus dankbar, als sie ihm eine so passende Heirat vorschlug. Er erbat sich zwar zwei Wochen Bedenkzeit, ernannte aber Frau Rangela schon am nächsten Tag zu seiner Brautwerberin. Und sobald es überhaupt möglich war, was Ausstattung, Hochzeitsvorbereitungen und Anstand betraf, wurde Hochzeit gefeiert, so dass die neue Herrin im zeitigen Frühling, einige Monate nach ihrem achtzehnten Geburtstag, ihren Einzug auf Börtsholm hielt.

Wenn Frau Rangela nun bedachte, welch großen Dank diese Nichte ihr schuldig war, da sie sie zur Herrin einer reichen und stattlichen Burg gemacht hatte, können wir uns vorstellen, dass sie sich noch sicherer fühlte als zu der Zeit, da ihre eigene Tochter dort regierte. In ihrer Freude erhöhte sie den Brückenzoll und untersagte den Nachbarn aufs strengste, die Reisenden im Boot über den Sund zu setzen, damit sich ja niemand der Zahlung entziehen konnte.

Es begab sich nun eines schönen Tages, als Frau Lucia seit einigen Monaten auf Börtsholm wohnte, dass eine Gruppe von kranken Pilgern auf dem Weg zur Dreifaltigkeitskirche von Sätra im Västmanland die Brücke überqueren wollte. Diese Menschen, die sich auf den Weg gemacht hatten, um ihre Gesundheit zurückzuerlangen, waren daran gewöhnt, dass die Anwohner des Pilgerweges alles taten, um ihnen die Wanderung zu erleichtern, und eher wurde ihnen Geld geschenkt, als dass sie welches ausgeben mussten. Frau Rangelas Brückenwächtern jedoch war streng befohlen worden, keinerlei Nachgiebigkeit zu zeigen, schon gar nicht dieser Art von Wanderern gegenüber, die Frau Rangela für weniger krank hielt, als sie vorgaben, und von denen sie glaubte, dass sie aus purer Vergnügungssucht durch das Land streunten.

Als den Kranken der freie Übergang verweigert wurde, brachen sie in ein Wehklagen sondergleichen aus. Die Lahmen und Krüppel zeigten auf ihre unbrauchbaren Glieder und fragten, wie jemand so hart sein könne, von ihnen zu verlangen, dass sie ihre Wanderung um eine ganze Tagesreise verlängerten, die Blinden fielen auf die Knie und versuchten, zu den Brückenwächtern zu kriechen, um denen die Hände zu küssen, während die Freunde und Verwandten der Kranken, die ihnen auf der Pilgerfahrt beistanden, vor den Augen der Wächter Taschen und Beutel umstülpten, um zu zeigen, dass diese wirklich leer waren.

Aber die Männer ließen sich nicht erweichen, und die Verzweiflung der Armen kannte keine Grenzen, als zu ihrem Glück die Herrin auf Börtsholm mit ihren Stiefkindern durch die Bucht gerudert kam. Als sie die Aufregung bemerkte, eilte sie hinzu, und sowie sie erfahren hatte, worum es ging, rief sie:

»Dem lässt sich nun wirklich sehr leicht abhelfen. Die Kinder gehen jetzt an Land, um ihre Großmutter, Frau Rangela, zu besuchen, und in dieser Zeit werde ich die kranken Wanderer in meinem Boot über den Sund setzen.«

Wächter und Kinder, die wussten, dass mit Frau Rangela bei ihrem geliebten Brückenzoll nicht zu spaßen war, versuchten mit Mienen und Gebärden, die junge Frau zu warnen, aber die begriff nicht oder wollte nicht begreifen. Denn die junge Lucia war ein ganz anderer Mensch als ihre Verwandte Frau Rangela. Schon als kleines Kind hatte sie die heilige sizilianische Jungfrau Lucia, ihre Namenspatronin, geliebt und verehrt und sie als Vorbild in ihrem Herzen thronen lassen. Die Heilige hatte deshalb ihr ganzes Wesen mit Licht und Wärme erfüllt. Das zeigte sich schon in ihrem Äußeren, das von solch leuchtender Durchsichtigkeit und Feinheit war, dass man sie anzurühren sich nicht vorstellen konnte.

Mit vielen freundlichen Worten brachte sie nun die Kranken über den Sund, und als die letzten am ersehnten Ufer an Land gesetzt worden waren, überschütteten alle Pilger Lucia dermaßen mit Segenswünschen, dass, wenn solche Güter ebenso schwer wie bedeutsam wären, ihr Boot gesunken wäre, noch ehe sie den Sund hätte überqueren können.

Die Segenssprüche und guten Wünsche konnte sie dann auch brauchen, denn nun begriff Frau Rangela, dass sie von ihrer Nichte keine Hilfe zu erwarten hatte, und sie bereute bitterlich, sie zu Herrn Eskils Gemahlin gemacht zu haben. Sie, die mit solcher Leichtigkeit die arme Jungfrau erhöht hatte, beschloss, sie aus ihrer hohen Stellung zu reißen und sie in die frühere Bedeutungslosigkeit zurückzustoßen, ehe sie noch größeren Schaden anrichten konnte.

Um ihre Nichte in Sicherheit zu wiegen, verbarg sie jedoch bis auf weiteres ihre bösen Absichten und besuchte sie recht häufig auf Börtsholm. Dort gab sie sich alle Mühe, um zwischen dem Gesinde und der jungen Herrin Zwietracht zu säen. Aber zu ihrer großen Überraschung gelang ihr das durchaus nicht. Das mag teilweise darauf beruht haben, dass Frau Lucia trotz ihrer Jugend ihr Haus in guter Ordnung hielt, aber der eigentliche Grund war wohl der, dass Kinder und Dienstboten längst bemerkt hatten, dass die neue Herrin unter mächtigem himmlischen Schutz stand, der ihre Widersacher bestrafte und allen, die ihr bereitwillig und gut dienten, ungeahnte Vorteile bescherte.

Frau Rangela sah bald ein, dass sie auf diese Weise nichts ausrichten konnte, aber sie wollte die Hoffnung nicht aufgeben, bevor sie auch bei Herrn Eskil einen Versuch unternommen hatte. Der verbrachte diesen Sommer jedoch vor allem am Königshof, wo ihn lange und anstrengende Verhandlungen festhielten. Wenn er ab und zu für zwei Tage nach Hause kam, befasste er sich vor allem mit seinen Vögten und Wildhütern. Den Frauen auf Börtsholm schenkte er nur eine zerstreute Aufmerksamkeit, und wenn Frau Rangela zu Besuch kam, ging er ihr aus dem Weg, und sie konnte ihn nur selten unter vier Augen sprechen.

Eines schönen Sommertages, als Herr Eskil sich auf Börtsholm aufhielt und mit seinem Stallvogt in seinem Privatgemach saß, ertönte auf der Burg jedoch so lautes Geschrei, dass er das Gespräch mit dem Vogt abbrach, um sich eilends nach dem Grund des Lärms zu erkundigen.

Und er fand seine Schwiegermutter, Frau Rangela, die vor dem Burgtor auf ihrem Pferd saß und ärger schrie als eine Horneule.

»Eure armen Kinder«, rief sie. »Sie sind in Seenot geraten. Sie kamen heute Morgen zu meinem Ufer gerudert, aber auf dem

Heimweg ist ihnen das Boot voll Wasser gelaufen. Ich habe von zu Hause aus gesehen, in welcher Not sie waren, und bin hergeritten, um Euch zu warnen. Ich sage Euch auch, obwohl Eure Gattin die Tochter meines Bruders ist, dass sie schlecht beraten war, die Kinder allein mit einem so schlechten Kahn losfahren zu lassen. Das sieht wahrlich aus wie ein Stiefmutterstreich.«

Herr Eskil ließ sich kurz beschreiben, wo die Kinder sich befanden, und eilte, gefolgt vom Vogt, zu den Booten. Aber sie waren noch nicht weit gekommen, als sie Frau Lucia sahen, die mit der ganzen Kinderschar den steilen Pfad vom See nach Börtsholm hochstieg.

Die junge Herrin hatte die Kinder diesmal nicht begleitet, sondern sich zu Hause ihren Aufgaben gewidmet. Doch dann glaubte sie, eine Warnung ihrer mächtigen himmlischen Schutzpatronin zu vernehmen, und ganz plötzlich hatte sie die Burg verlassen, um nach den Kindern zu suchen. Da hatte sie gesehen, wie die Kinder winkend und rufend versuchten, vom Ufer her Hilfe zu holen. Sie war in ihrem eigenen Boot losgerudert und hatte die Kinder in letzter Minute aus dem sinkenden Fahrzeug retten können.

Als Frau Lucia und ihre Stiefkinder nun den Strandpfad hochwanderten, war Lucia so damit beschäftigt, die Kinder danach auszufragen, wie sie in diese Notlage geraten waren, dass sie Herrn Eskil gar nicht bemerkte. Aber er, dem Frau Rangelas Worte über den Stiefmutterstreich zu denken gegeben hatten, gab eilig seinem Vogt ein Zeichen und trat mit ihm hinter einen der wilden Rosensträucher, die, groß und mächtig, fast den ganzen Hang unterhalb von Börtsholm bedeckten.

Dort hörte Herr Eskil die Kinder berichten, dass sie in einem guten Boot von zu Hause losgefahren waren, aber während sie Frau Rangela besucht hatten, war dieses Boot durch ein altes, morsches ersetzt worden. Sie hatten das erst bemerkt, als sie bereits auf den See hinausgerudert waren und das Wasser von allen Seiten her ins Boot lief, und ganz sicher wären sie verloren gewesen, wenn ihre liebe Frau Mutter ihnen nicht so rasch zu Hilfe gekommen wäre.

Offenbar ahnte Frau Lucia, was es mit diesem Bootstausch auf sich hatte, denn sie blieb totenbleich und mit Tränen in den Augen mitten am steilen Hang stehen und presste die Hände aufs Herz. Die Kinder umdrängten sie, um sie zu trösten. Sie sagten, ihnen sei doch nichts passiert, aber Frau Lucia blieb hilflos und unbeweglich stehen.

Nun schoben die beiden ältesten Stiefsöhne, zwei kräftige Burschen von vierzehn und fünfzehn, ihre Hände zu einer kleinen Sänfte zusammen und trugen sie den Hang hoch, während die jüngeren lachend und händeklatschend folgten.

Als die kleine Schar im Triumph zwischen den blühenden Rosen nach Börtsholm hinaufzog, blieb Herr Eskil nachdenklich stehen und schaute Frau und Kindern hinterher. Die junge Frau war ihm so lieblich und seltsam strahlend vorgekommen, als sie an ihm vorbeigetragen wurde, und vielleicht bedauerte er, dass Würde und Alter es ihm untersagten, sie in seinen Armen zur Burg hinaufzutragen.

Vielleicht überlegte sich Herr Eskil in diesem Augenblick auch, wie brüchig das Glück sein kann und wie viele Scherereien er sich im Dienste der hohen Herrschaften einhandelte, während vielleicht an seinem eigenen Herd Friede und Freude seiner harrten. An diesem ganzen Tag blieb er jedenfalls nicht mehr in seinem Privatgemach, sondern verbrachte die Zeit damit, sich mit seiner Gattin auszusprechen und den Kindern beim Spielen zuzusehen.

Frau Rangela sah das alles voller Unwillen und verließ Börtsholm, so schnell der Anstand das gestattete. Niemand wagte ernsthaft, ihr zu unterstellen, sie habe das Leben ihrer Enkelkinder aufs Spiel gesetzt, um Frau Lucia bei ihrem Herrn und Gemahl in Ungnade zu stürzen, und deshalb wurde der freundschaftliche Verkehr nicht beendet, und sie konnte sich weiterhin alle Mühe geben, die junge Burgherrin um ihre hohe Stellung zu bringen.

Lange schienen der alten Frau diese Versuche zu misslingen, denn Frau Lucias gutes Herz und ihr tadelloses Verhalten sowie ihre himmlische Schutzpatronin machten sie für alle Angriffe unerreichbar. Doch im Herbst ließ sich die Nichte dann zu Frau Rangelas großer Freude auf eine Unternehmung ein, die Herr Eskil wohl kaum billigen würde.

In diesem Jahr war auf Börtsholm eine derart reiche Ernte eingefahren worden, die die des vergangenen Jahres und überhaupt alle Ernten seit Menschengedenken übertraf. Auch Jagd und Fischerei waren doppelt so ertragreich gewesen wie sonst. Die Bienenstöcke liefen vor Honig und Wachs über wie die Hopfenfelder vor Hopfen. Die Kühe schenkten Milch in Strömen, die Wolle der Schafe wurde lang wie Gras, und die Schweine wurden so fett, dass sie sich kaum noch bewegen konnten. Alle auf der Burg bemerkten diesen Segen, und sofort hieß es, dass er wegen der jungen Frau Lucia über Haus und Hof gekommen sei.

Doch während man sich auf Börtsholm nun alle Mühe gab, die guten Gaben des Jahres einzuholen und zuzubereiten, zog eine große Menge von notleidenden Menschen herbei, die alle behaupteten, vom östlichen oder nordöstlichen Ufer des großen Sees Vänern gekommen zu sein. Sie schilderten mit vielen Tränen in den Augen und verzweifelten Gesten, wie ihr ganzes Dorf von einem feindlichen Heer verwüstet worden war, das mordend, plündernd und brandschatzend durch das Land zog. Die Kriegsknechte hatten in ihrer Bosheit sogar das noch nicht geerntete Korn abgebrannt und alles Vieh fortgetrieben. Die Menschen, die mit dem Leben davongekommen waren, mussten ohne Dach über dem Kopf und ohne Lebensmittel dem Winter entgegensehen. Manche hatten sich auf das Betteln verlegt, andere versteckten sich in den Wäldern, wieder andere wanderten über die Brandstätten, ohne irgendeine Arbeit verrichten zu können, voller Trauer um alles, was sie verloren hatten.

Als Frau Lucia von diesem Leid hörte, fand sie den Anblick

der vielen Lebensmittel, die sich jetzt auf Börtsholm aufhäuften, unerträglich. Am Ende wurde der Gedanke an die hungernden Menschen auf dem anderen Seeufer so übermächtig, dass sie kaum noch einen Bissen an die Lippen führen konnte.

Jeden Tag dachte sie an die Geschichten, die im Kloster vorgelesen worden waren, über heilige Männer und Frauen, die sich bis auf den bloßen Leib ausgeplündert hatten, um den Armen und Leidenden zu helfen. Und vor allem dachte sie daran, wie ihre eigene Namenspatronin, die heilige Lucia von Syrakus, in ihrem Mitleid mit einem jungen Heiden, der sie wegen ihrer schönen Augen liebte, diese Augen aus ihren Höhlen gerissen und sie ihm blutig und erloschen geschenkt hatte, um ihn von dieser Liebe zu heilen, denn sie war eine christliche Jungfrau, die ihm nicht gehören konnte. Diese Erinnerungen quälten und ängstigten die junge Frau so sehr, und sie verachtete sich, da sie von der großen Not hören konnte und doch keinen ernstlichen Versuch unternahm, dieser abzuhelfen.

Als sie sich noch mit diesen Gedanken herumquälte, kam eine Nachricht von Herrn Eskil, der mitteilte, er müsse im Dienste des Königs nach Norwegen reisen und werde erst um die Weihnachtszeit wieder nach Hause kommen. Aber dann werde er nicht nur von seinen eigenen sechzig Männern begleitet werden, sondern auch von einer großen Schar von Freunden und Verwandten, und deshalb bat er Frau Lucia, ein großes und lange dauerndes Gastmahl vorzubereiten.

An dem Tag, an dem Frau Lucia also erfuhr, dass ihr Mann im Herbst nicht nach Hause kommen würde, beschloss sie, sich von der Angst zu befreien, die sie schon so lange quälte. Sie befahl ihren Leuten, alle auf Börtsholm angehäuften Lebensmittel ans Ufer zu schaffen. Dann wurde der Wintervorrat der Burg auf Boote und Nachen geladen, sicher zum großen Erstaunen der Burgbewohner.

Als Keller und Scheunen geleert waren, begab sich Frau Lucia mit ihren Kindern und ihren Dienern und Dienerinnen an Bord eines gutbemannten Schiffes, und während sie auf Börtsholm nur einige alte Wächter zurückließ, ließ sie sich mit ihrem gesamten Eigentum auf den großen See hinausrudern, der uferlos wie ein Meer vor ihr lag.

Über Frau Lucias Reise gibt es viele alte Sagen und Aufzeichnungen. Es heißt, dass der Teil des Vänernufers, an dem der Feind am ärgsten gewütet hatte, von seinen Bewohnern fast verlassen worden war. Frau Lucia kam recht mutlos dort an und hielt Ausschau nach Anzeichen von Leben, aber kein Rauch stieg zum Himmel auf, kein Hahn krähte und keine Kuh brüllte.

Doch in einer Gemeinde lebte noch ein alter Geistlicher, der Herr Kolbjörn genannt wurde. Er hatte seine Pfarrkinder nicht begleiten wollen, als die aus ihren zerstörten Häusern geflohen waren, denn Pfarrhof und Kirche waren voller Verwundeter. Bei denen war er geblieben, hatte ihre Wunden gepflegt und das wenige, was er selbst noch hatte, unter sie verteilt, ohne sich Ruhe oder Essen zu gönnen. Dann hatte an einem der düstersten Herbsttage, als schwere Wolken über den See streiften, als das Wasser sich zu schwarzen Wogen aufbäumte und die Düsterkeit der Natur Hoffnungslosigkeit und Not noch vergrößerte, der arme Herr Kolbjörn, der keine Messe mehr lesen konnte, versucht, an der Schnur der Kirchturmglocke zu ziehen, um damit Gottes Erbarmen auf seine Kranken herabzurufen. Und siehe! Kaum war der erste Glockenton verhallt, da näherte sich eine kleine Flotte aus Schiffen und Booten dem Ufer. Und aus einem Schiff stieg eine schöne junge Frau mit einem von Licht durchschimmerten Gesicht. Vor ihr gingen acht prachtvolle Kinder, und hinter ihr folgte eine lange Reihe von Bediensteten, die mit Lebensmitteln aller Art beladen waren: gebratenen Kälbern und Schafen, langen Spießen mit trockenen Brotfladen, Gefäßen mit Getränken und Säcken voll Mehl. Wie durch ein Wunder war im letzten Moment Hilfe gekommen.

Nicht weit von Herrn Kolbjörns Kirche, auf einer Landzunge, die scharf in den See hineinragte und Saxudden genannt wurde, lag seit langer Zeit ein alter Bauernhof. Der war nun abgebrannt und ausgeplündert worden, aber der Besitzer, ein Mann von zweiundsiebzig Jahren, liebte seinen Hof so sehr, dass er es nicht über sich gebracht hatte, diesen zu verlassen. Bei ihm geblieben waren seine alte Frau, ein kleiner Enkel und eine Enkelin. Sie hatten sich durch Fischen am Leben gehalten, aber der Sturm hatte eines Nachts ihr Boot zerstört, und seither saßen sie zwischen den Trümmern und warteten auf den Hungertod. Als sie noch warteten, dachte der Bauer an seinen Hund, der zwischen ihnen lag und zu verschmachten drohte. Er riss ein Stück Holz an sich, und mit letzter Kraft schlug er auf den Hund ein, um ihn zu vertreiben, denn der Hund sollte doch nicht aus Gründen sterben, mit denen er nichts zu tun hatte. Bei dem Schlag bellte der Hund laut und rannte fort. Die ganze Nacht strich er heulend um den Hof herum. Und er war weit draußen auf dem See zu hören, und noch ehe der Tag gekommen war, ging Frau Lucia, die das Gebell gehört hatte, mit Rettung und Hilfe an Land.

Noch weiter entfernt lag ein kleines von einer Mauer umgebenes Haus, in dem heilige Frauen wohnten, die Gott versprochen hatten, dieses Haus niemals zu verlassen. Diese frommen Schwestern waren von den Kriegsknechten so weit geschont worden, dass sie oder ihr Haus nicht zu Schaden gekommen waren, ihr gesamter Wintervorrat war ihnen allerdings genommen worden. Das Einzige, was ihnen geblieben war, war ein Taubenschlag voller Tauben, und diese hatten sie nacheinander geschlachtet, bis nur noch eine übrig war. Diese Taube indes war sehr zahm, und die frommen Frauen liebten sie so sehr, dass sie nicht ihr eigenes Leben durch das der Taube verlängern wollten, deshalb öffneten sie ihren Käfig und schenkten ihr die Freiheit. Nun stieg die weiße Taube zu den Wolken hoch, danach flog sie herab und setzte sich auf den Dachfirst. Als jedoch Frau Lucia auf dem Wasser vorüberkam und nach jemandem Ausschau hielt, der Hilfe brauchte, sah sie die Taube und wusste, dass es dort, wo die Taube war, auch Menschen geben musste. Und Frau Lucia ging an Land und schenkte den frommen Frauen so viel zu essen, wie sie für den Winter brauchten.

Noch weiter im Süden hatte am Vänernufer ein Marktflecken gelegen, der jetzt ausgeplündert und verbrannt war. Nur die langen Stege, an denen sonst die Schiffe angelegt hatten, waren noch vorhanden. Unter den Stegen hatte sich in den Tagen der Verwüstung ein Mann, der Krämer Lasse genannt wurde, mit seiner Frau versteckt, und während über ihnen die Schlacht tobte, hatte die Frau ein Kind geboren. Seither war sie so krank, dass sie nicht hatte fliehen können, und der Mann war bei ihr geblieben. Ihr Elend war sehr groß, und jeden Tag bat die Frau ihren Mann, sie zu verlassen, aber das brachte er nicht über sich. Nun versuchte sie eines Nachts, aus ihrem Versteck zu kriechen und mit dem Kind ins Wasser zu gehen, denn sie dachte, wenn sie erst tot wären, könnte der Mann sein Leben retten. Aber das Kind schrie im kalten Wasser laut auf, und der Mann erwachte. Er holte beide wieder an Land, aber das Kind war so verängstigt, dass es die ganze Nacht lang schrie. Und das Geräusch wurde über das Wasser getragen und holte die Helfer, die suchend und wartend auf dem See umherruderten.

Solange sie noch Gaben hatte, fuhr Frau Lucia vor dem Vänernufer hin und her, und ihr war dabei so froh und leicht ums Herz wie nie zuvor. Denn während es nichts Schlimmeres gibt, als still und untätig zu bleiben, wenn man von Leid und Unglück der anderen hört, so schenkt es das größte Glück und eine wunderbare Ruhe, wenn man zumindest versucht zu helfen. Diese Erleichterung und Freude, ohne irgendeine Ahnung, dass ihr Böses bevorstehen könnte, verspürte sie noch immer, als sie spätabends vor dem Luciatag nach Börtsholm zurückkehrte. Bei dem Abendessen, das nur aus einigen Bechern Milch bestand, sprach sie mit ihren Reisegefährten über ihre Reise, und alle waren der Meinung, niemals schönere Tage verbracht zu haben.

»Aber jetzt wartet viel Arbeit auf uns«, sagte dann die Herrin. »Morgen werden wir den Lucientag nicht wie sonst mit Speis und Trank feiern. Wir müssen ohne Unterlass brauen und schlachten und backen, damit bei Herrn Eskils Heimkehr das Weihnachtsmahl bereitet ist.«

Das sagte die junge Frau ohne die geringste Sorge, denn sie wusste ja, dass ihr Stall und ihre Scheunen und Speicher voller Gottesgaben waren, auch wenn noch nichts davon in menschliche Nahrung verwandelt worden war.

So glücklich die Reise auch gewesen war, sie waren doch alle erschöpft und begaben sich zeitig zur Ruhe. Aber kaum hatte Frau Lucia ihre Augen geschlossen, da hörte sie vor der Burg das Dröhnen von Pferdehufen, des Klirren von Waffen und das Hallen von Rufen. Das Burgtor bewegte sich knirschend in den Angeln, das Pflaster des Hofes wurde von eifrigen Füßen betrampelt. Nun wusste sie, dass Herr Eskil mit seiner Reiterschar nach Hause gekommen war.

Eilig sprang Frau Lucia auf, um ihm entgegenzugehen. Als sie sich notdürftig angekleidet hatte, lief sie auf die Galerie hinaus, um über die Treppe auf den Burghof zu gelangen. Aber sie kam nicht weiter als bis zur obersten Treppenstufe, denn schon stand Herr Eskil mitten auf der Treppe und wollte zu ihrer Kammer.

Ein Fackelträger lief vor ihm her, und im Lichtschein glaubte Frau Lucia zu sehen, dass Herrn Eskils Gesicht in entsetzlicher Wut verzerrt war. Für einen Moment hoffte sie, das rote rauchgeschwärzte Licht der Fackel mache sein Gesicht so düster und drohend, aber als sie sah, wie Kinder und Diener mit ängstlicher Miene und gesenkten Blicken zurückwichen, musste sie sich eingestehen, dass ihr Mann überaus zornig heimgekehrt war, um Gericht zu halten und Strafen zu verhängen.

Während Frau Lucia noch auf Herrn Eskil hinabblickte, entdeckte er auch sie, und mit wachsender Angst sah sie, dass sein Gesicht sich zu einem gezwungenen Lächeln verzog.

»Kommt Ihr nun, holde Gattin, um mir eine Willkommensmahlzeit anzubieten?«, spottete er. »Aber diesmal habt Ihr Euch diese liebe Mühe vergebens gemacht, denn ich und meine Mannen haben unsere Abendmahlzeit bei Eurer Verwandten Frau Rangela eingenommen. Morgen jedoch«, fügte er hinzu, und nun überkam ihn der Zorn, und er schlug mit der Faust auf das Treppengeländer, »erwarten wir, dass Ihr zu Ehren Eurer Namenspatronin, Sancta Lucia, uns mit einem Frühstück empfangt, so gut, wie dieses Haus es überhaupt liefern kann, und Ihr dürft auch nicht vergessen, mir beim ersten Hahnenschrei meinen Morgentrunk zu kredenzen.«

Die junge Burgherrin brachte kein Wort heraus. Wie schon im Sommer, als ihr zum ersten Mal der Verdacht gekommen war, Frau Rangela könne Böses gegen sie im Schilde führen, stand sie da, mit Tränen in den Augen und die Hände aufs Herz gepresst. Denn es lag doch auf der Hand, dass Frau Rangela Herrn Eskil so früh nach Hause gerufen hatte, um ihn gegen seine Frau aufzustacheln, indem sie ihm erzählte, was Frau Lucia mit seinem Eigentum angestellt hatte.

Aber Herr Eskil stieg zwei Stufen höher, und ohne sich von der Angst seiner Gattin auch nur im Geringsten erweichen zu lassen, beugte er sich zu ihr vor und sprach mit fürchterlicher Stimme:

»Beim Kreuze unseres Herrn, Frau Lucia, lasst Euch das gesagt sein, wenn dieses Frühstück mir nicht gefällt, werdet Ihr es bis an das Ende Eurer Tage bereuen.«

Damit legte er eine schwere Hand auf die Schulter seiner Gattin und schob sie vor sich her ins Schlafgemach.

Auf dieser Wanderung ins Schlafzimmer erschien es Frau Lucia, als sei etwas, das ihr bisher auf seltsame Weise verborgen gewesen war, plötzlich offenbart worden. Sie erkannte, dass sie selbstherrlich und unbedacht gehandelt hatte und dass Herr Eskil durchaus Grund haben konnte, ihr zu zürnen, da sie, ohne ihn zu fragen, über sein Eigentum verfügt hatte. Sie versuchte also jetzt, da sie allein waren, ihm das voller Reue zu sagen und ihn für ihre jugendliche Torheit um Vergebung zu bitten, aber er ließ sie nicht zu Wort kommen.

»Legt Euch zu Bett, Frau Lucia«, sagte er, »und steht morgen früh ja zeitiger auf als sonst! Wenn Euer Morgentrunk und Euer Willkommensmahl nicht zu meiner Zufriedenheit ausfallen, dann liegt vor Euch ein Weg, für den Ihr alle Eure Kräfte benötigen werdet.«

Mit dieser Antwort musste sie sich zufriedengeben, auch wenn ihre Angst nur noch größer wurde, und wir können ja verstehen, dass sie in dieser Nacht kein Auge mehr zumachte. Sie dachte immer wieder daran, was ihr Mann gesagt hatte, und je länger sie über seine Worte nachdachte, umso klarer wurde ihr, dass er eine schreckliche Drohung gegen sie ausgesprochen hatte. Bestimmt hatte er beschlossen, sie erst zu verurteilen, wenn er sich davon überzeugt hätte, dass sie sich so schlimm verhalten hatte, wie Frau Rangela das behauptete. Aber wenn sie ihn nicht befehlsgemäß bewirten könnte, wartete eine entsetzliche Strafe auf sie. Das Mindeste wäre dann wohl, dass sie für unwürdig befunden werden würde, noch länger seine Gemahlin zu sein, dann würde sie zu ihren Eltern heimgeschickt werden, doch aus seinen letzten Worten glaubte sie zu verstehen, dass er dazu noch vorhatte, sie wie eine schnöde Diebin zwischen seinen Männern Spießruten laufen zu lassen.

Als sie sich das alles vorgestellt hatte – übrigens zu Recht, denn Frau Rangela hatte Herrn Eskil wirklich in einen wahnsinnigen Zorn versetzt –, zitterte Frau Lucia, sie klapperte mit den Zähnen und wähnte sich dem Tode nah. Sie wusste, dass sie die Stunden der Nacht nutzen musste, um Hilfe und Auswege zu finden, aber ihre furchtbare Angst lähmte sie, und deshalb blieb sie bewegungslos liegen. »Wie soll ich denn morgen früh meinen Herrn und seine sechzig Männer bewirten«, sagte sie sich hoffnungslos. »Da kann ich auch gleich still liegen bleiben und warten, bis das Unglück über mich hereinbricht.«

Das Einzige, was sie zu ihrer Rettung tun konnte, war, Stunde um Stunde brennende Gebete an die heilige Lucia von Syrakus zu richten.

»Ach, heilige Lucia, meine geliebte Namenspatronin«, betete sie, »morgen ist der Tag, an dem du den Märtyrertod erlitten hast und ins himmlische Paradies eingegangen bist. Erinnere dich daran, wie düster und kalt und hart es hier auf Erden war! Komm in dieser Nacht zu mir und hol mich fort von hier. Komm und schließe meine Augen im Schlaf des Todes. Du weißt, dass ich nur so Schande und grausamer Bestrafung entrinnen kann.«

Während sie auf diese Weise die heilige Lucia um Hilfe anflehte, verging die Nacht, und der gefürchtete Morgen rückte näher. Lange ehe sie damit gerechnet hatte, ertönte der erste Hahnenschrei, die Knechte, die sich um das Vieh kümmern mussten, liefen über den Burghof zu ihrer Arbeit, und die Pferde richteten sich wiehernd in ihren Ställen auf.

Jetzt erwacht auch Herr Eskil, dachte Lucia. Er wird mir sofort befehlen, seinen Morgentrunk zu bringen, und ich werde gestehen müssen, dass ich so töricht gehandelt habe, dass ich ihm weder Met noch Bier aufwärmen kann.

In diesem Moment der höchsten Gefahr für die junge Burgherrin konnte ihre himmlische Freundin, die heilige Lucia, die ja wusste, dass ihr Schützling sich nur durch allzu große Barmherzigkeit falsch verhalten hatte, dem Wunsch, ihr beizustehen, nicht länger widerstehen. Der irdische Leib der Heiligen, der seit vielen Jahrhunderten in den engen Grabkammern der Katakomben von Syrakus geruht hatte, wurde plötzlich von einem lebendigen Geist erfüllt, gewann seine Schönheit und den Gebrauch seiner Glieder wieder, hüllte sich in ein aus Sternenlicht gewebtes Gewand und begab sich dann abermals in die Welt hinaus, in der Lucia einst gelitten und geliebt hatte.

Und nur wenige Augenblicke später sah der verdutzte Torwächter auf Börtsholm ein Wunder, eine Feuerkugel, die weit hinten im Süden auftauchte. Die Kugel reiste schneller, als das Auge ihr folgen konnte, kam auf Börtsholm zu, schoss so dicht an dem Wächter vorbei, dass sie ihn fast gestreift hätte, und war dann verschwunden. Aber auf diesem Feuerball, glaubte der

Wächter zumindest, reiste eine junge Frau, die sich mit den Zehenspitzen aufstützte, die Arme hob und gleichsam spielend und tanzend das glühende Fahrzeug lenkte.

Fast im selben Moment sah die in Angst und Beben wachende Frau Lucia einen Schimmer, der durch einen Türspalt in ihr Schlafgemach drang. Und als die Tür gleich darauf geöffnet wurde, trat zu ihrem Erstaunen und ihrer Freude eine schöne Jungfrau, gewandet in Kleider so weiß wie Sternenlicht, ins Zimmer. Ihre langen schwarzen Haare waren zu einer Girlande gebunden, aber daran saßen keine Blätter und Blüten, sondern kleine blinkende Sterne. Diese Sterne erleuchteten die ganze Kammer, und doch schien es Frau Lucia, dass ihr Licht sich nicht mit dem in den Augen der schönen Fremden vergleichen lassen könnte, denn die waren nicht nur vom klarsten Glanz, sondern strahlten zudem himmlische Liebe und Barmherzigkeit aus.

In ihrer Hand hielt die fremde Jungfrau eine große Kupferkanne, der ein milder Duft nach edlem Traubensaft entströmte, und damit schwebte sie durch die Kammer zu Herrn Eskil, goss etwas Wein in eine kleinere Schale und bot ihm zu trinken an.

Herr Eskil, der gut geschlafen hatte, erwachte, als das Licht über seine Augenlider huschte, und führte die Schale an seine Lippen. In seinem schlaftrunkenen Zustand begriff er kaum mehr von dem Wunder, als dass der Wein, der ihm angeboten wurde, überaus wohlschmeckend war, und er leerte die Schale bis auf den letzten Tropfen.

Aber dieser Wein, bei dem es sich kaum um einen anderen handeln konnte als den edlen Malvasier, die Ehre des Südens und die Krone aller Weinsorten, war dermaßen einschläfernd, dass Herr Eskil, kaum hatte er die Schale zurückgestellt, auch schon auf sein Lager zurücksank. Und im selben Moment schwebte die schöne heilige Jungfrau aus dem Zimmer und ließ Frau Lucia in einem Zustand aus bebender Verwunderung und frisch erwachter Hoffnung zurück.

Die holde Helferin begnügte sich aber nicht damit, nur Herrn

Eskil zu bewirten. An dem dunklen, kalten Wintermorgen schwebte sie durch die düsteren Säle der schwedischen Burg und bot jedem einzelnen der schlafenden Kriegsknechte eine Schale vom freudenspendenden Wein des Südens an.

Allen, die tranken, kam es vor, als hätten sie himmlische Wonnen gekostet. Und alle versanken sofort in einen Schlaf, erfüllt von Träumen von Gefilden, in denen ewiger Sommer und ewiges Sonnenlicht herrschten.

Frau Lucia aber hatte gerade erst die lichte Offenbarung verschwinden sehen, als Angst und Hoffnungslosigkeit, die sie die ganze Nacht gequält hatten, ganz einfach in tausend Stücke zersprangen. Sie zog sich eilig an und rief danach das gesamte Gesinde zur Arbeit.

An diesem langen Wintermorgen bemühten sich sodann alle, Herrn Eskils Willkommensmahlzeit zuzubereiten. Junge Kälber, Schweine, Gänse und Hühner mussten in aller Eile ihr Leben lassen, Teig wurde angesetzt, unter Kochtöpfen und in Backöfen wurde Feuer geschürt, Kohl wurde gebräunt, Rüben wurden geschält, und zum Nachtisch wurde Honigkuchen gebacken.

Die Tische im Festsaal wurden mit Damasttüchern bedeckt, die teuren Wachskerzen wurden aus tiefen Truhen geholt, und auf den Bänken wurden blaue Federpolster und Decken ausgelegt.

Während dieser ganzen Vorbereitungen schliefen der Burgherr und seine Leute. Als Herr Eskil endlich aufwachte, sah er am Stand der Sonne, dass bereits die Mittagsstunde gekommen war. Er staunte nicht nur über seinen langen Schlaf, sondern vielleicht noch mehr darüber, dass der Zorn, der ihn am Vorabend gequält hatte, durch diesen Schlaf verflogen war. Seine Gattin hatte sich ihm in den Träumen des Morgens mit großer Milde und Schönheit gezeigt, und er staunte über sich selbst, weil er sie zu einer harten und schändlichen Strafe hatte verurteilen wollen.

Vielleicht ist es ja doch nicht so schlimm, wie Frau Rangela mir einreden wollte, dachte er. Ich kann sie zwar nicht als meine Gattin behalten, wenn sie mein Eigentum verschleudert hat, aber es muss Strafe genug sein, sie zu ihren Eltern zurückzuschicken.

Als er seine Kammer verließ, erwarteten ihn seine acht Kinder und führten ihn in den Festsaal. Dort saßen seine Männer bereits zu Tisch und warteten ungeduldig auf sein Eintreffen, um sich über die Mahlzeit herzumachen. Denn der Tisch bog sich unter den vielen Köstlichkeiten.

Frau Lucia setzte sich neben ihren Mann, ohne ihre Angst zu zeigen, doch sie war nicht von aller Unruhe befreit, denn sie hatte zwar in aller Eile ein Festmahl herrichten können, aber noch immer fehlte es an Bier und Met, die sich nicht so rasch brauen lassen. Und sie wusste ja nicht, ob Herr Eskil sich mit einem Frühstück zufrieden geben würde, bei dem die Getränke fehlten.

Aber nun sah sie vor sich auf dem Tisch die große Kupferkanne, aus der die heilige Jungfrau ausgeschenkt hatte. Dort stand die Kanne, bis an den Rand mit duftendem Wein gefüllt. Abermals war Frau Lucia glücklich über den Schutz der barmherzigen Heiligen, und sie bot Herrn Eskil den Wein an, während sie erzählte, wie der nach Börtsholm gelangt war, und während ihr Gemahl voller Staunen zuhörte.

Als Herr Eskil den Wein, der diesmal jedoch nicht einschläfernd wirkte, zum zweiten Mal gekostet hatte, fasste Frau Lucia sich abermals ein Herz und berichtete von ihrer Reise. Herr Eskil machte zuerst ein überaus ernstes Gesicht, doch als sie von dem Priester, Herrn Kolbjörn, erzählte, rief er:

»Herr Kolbjörn ist ein sehr guter Freund von mir, Frau Lucia. Ich bin von Herzen froh, dass Ihr ihm helfen konntet.«

Dann stellte es sich heraus, dass der Gutsherr von Saxudden in vielen Feldzügen Herrn Eskils Waffenbruder gewesen war, dass sich unter den frommen Frauen eine Verwandte von ihm befand und dass Krämer Lasse aus dem Marktflecken ihm Kleidung und Waffen aus dem Ausland zu besorgen pflegte. Noch ehe Frau Lucia ihren Bericht beendet hatte, hatte Herr Eskil ihr nicht nur verziehen, er war ihr zudem von Herzen dankbar, weil sie so vielen seiner Freunde geholfen hatte.

Doch die Angst, die Frau Lucia während der Nacht erlitten hatte, überkam sie ein weiteres Mal, und mit Tränen in der Stimme sagte sie endlich:

»Jetzt aber habe ich das Gefühl, lieber Herr, dass ich sehr unrecht gehandelt habe, da ich, ohne Euch um Erlaubnis zu fragen, Euer Eigentum verschenkt habe. Aber ich bitte Euch, denkt an meine Jugend und Unerfahrenheit und verzeiht mir deshalb.«

Als Frau Lucia das gesagt hatte und Herr Eskil begriff, dass seine Gattin so fromm war, dass eine Bewohnerin des Himmels irdische Gestalt angenommen hatte, um ihr zu Hilfe zu kommen, und als er dann bedachte, wie er, der als weiser und bedächtiger Mann gelten wollte, sie verdächtigt hatte und bereit gewesen war, sie mit seinem Zorn zu überschütten, schämte er sich so von Herzen, dass er die Augen niederschlug und ihr nicht mit einem Wort antworten konnte.

Als Frau Lucia ihn so stumm und mit gesenktem Kopf dasitzen sah, erschrak sie abermals und wäre am liebsten weinend davongestürzt. Doch da trat, von allen ungesehen, die barmherzige Lucia in den Saal, schlich sich zu der jungen Frau und flüsterte ihr ins Ohr, was sie nun noch sagen sollte. Und es waren just die Worte, die Frau Lucia selbst gern ausgesprochen hätte, aber ohne himmlische Ermutigung hätte sie sicher niemals genug Mut aufgebracht.

»Um eins möchte ich Euch nun bitten, mein lieber Herr und Gemahl«, sagte sie, »und zwar, dass Ihr von nun an mehr zu Hause bleiben mögt. Denn dann würde ich nie in Versuchung kommen, gegen Euren Willen zu handeln, und ich könnte Euch all die Liebe zeigen, die ich Euch entgegenbringe, und niemand könnte sich zwischen Euch und mich drängen.«

Als diese Worte gesagt waren, merkten alle, dass sie Herrn Eskil nur zu gut gefielen. Er hob den Kopf, und die große Freude, die er verspürte, verjagte seine Schuldgefühle.

Er wollte seiner Gattin gerade eine überaus freundliche Antwort geben, als einer von Frau Rangelas Vögten in den Festsaal gestürzt kam. Er berichtete, dass Frau Rangela in der frühesten Morgenstunde nach Börtsholm aufgebrochen war, um Frau Lucias Bestrafung beizuwohnen. Doch unterwegs waren ihr Bauern begegnet, die sie wegen des Brückenzolls hassten, und im Schutze der Dunkelheit hatten sie Frau Rangelas einzigen Diener in die Flucht getrieben, sie dann vom Pferd gezerrt und sie elendiglich erschlagen.

Jetzt wollte Frau Rangelas Vogt Jagd auf die Mörder machen und verlangte, dass auch Herr Eskil seine Leute dazu aussandte.

Doch nun erhob sich Herr Eskil und sprach mit lauter, strenger Stimme:

»Es erscheint mir hier angebracht, den Bitten meiner Gattin Gehör zu schenken, aber vorher möchte ich die Sache mit Frau Rangela hinter mich bringen. Und da sage ich, dass sie von mir aus ruhig ungerächt bleiben kann, und ich werde auch meine Diener nicht aussenden, um ihretwegen Blutarbeit zu leisten, denn ich bin sicher, dass ihre bösen Taten sie ereilt haben.«

Als er das gesagt hatte, wandte er sich Frau Lucia zu, und nun war seine Stimme so mild, dass man kaum hätte glauben mögen, dass solcher Klang in seiner Kehle wohnte.

»Aber meiner geliebten Gattin möchte ich antworten, dass ich ihr gern verzeihe, so, wie ich hoffe, dass sie mir meine Heftigkeit vergibt. Und da es ihr Wunsch ist, werde ich dem König mitteilen, dass er sich einen anderen Berater suchen muss, denn nun möchte ich bei zwei edlen Damen in Dienst treten. Die eine ist meine Gattin, die andere die heilige Lucia von Syrakus, für die ich in allen Kirchen und Kapellen auf meinen Ländereien einen Altar aufstellen werde, um sie zu bitten, dass sie in uns, die wir in der Kälte des Nordens verschmachten, die Flamme und den Leitstern der Seele, die Barmherzigkeit genannt werden, am Leben erhalten möge.«

Am 13. Dezember, in früher Morgenstunde, wenn Kälte und Dunkelheit auf Värmland lasteten, kam noch in meiner Kindheit die heilige Lucia von Syrakus in alle Häuser, die zwischen den Bergen Norwegens und dem Fluss Gullspångälv lagen. Sie trug noch immer, zumindest in den Augen der kleinen Kinder, ein Kleid aus weißem Sternenlicht und in den Haaren einen Kranz aus brennenden Lichtblumen, und sie weckte die Schlafenden mit einem warmen duftenden Trunk aus ihrer Kupferkanne.

Ich kannte keinen schöneren Anblick, als wenn die Tür sich öffnete und die heilige Lucia in die Dunkelheit der Kammer trat. Und ich wünschte mir, sie hörte niemals auf, sich auf den värmländischen Höfen zu zeigen. Denn sie ist das Licht, das die Dunkelheit besiegt, sie ist die Legende, die das Vergessen überwindet, sie ist die Herzenswärme, die gefrorene Stellen mitten im Winter angenehm und sonnig werden lässt.

Hans Christian Andersen

Der Tannenbaum

Draußen im Walde stand so ein niedlicher Tannenbaum; der hatte einen guten Platz, Sonne bekam er, Luft gab's genug, und ringsum wuchsen viele größere Kameraden, Tannen und Fichten; aber der kleine Tannenbaum war ganz versessen aufs Wachsen; der dachte nicht an die warme Sonne und die frische Luft, er machte sich auch nichts aus den Bauerskindern, die vorbeigingen und plapperten, wenn sie unterwegs waren, um Erdbeeren und Himbeeren zu suchen; oft kamen sie mit einem ganzen Krug voll, oder sie hatten Erdbeeren auf Strohhalme gezogen, dann setzten sie sich zu dem kleinen Baum und sagten: »Nein! Wie ist der niedlich klein!« Das wollte der Baum absolut nicht hören.

Im Jahr darauf war er einen ganzen Schössling größer; und wieder ein Jahr darauf war er um noch einen länger; denn bei einem Tannenbaum kann man immer an der Zahl seiner Glieder sehen, wie viele Jahre er gewachsen ist.

»O wär ich doch so ein großer Baum wie die andern!«, seufzte der kleine Baum. »Dann könnte ich meine Zweige so nach allen Seiten ausbreiten und mit dem Wipfel in die weite Welt hinausschauen! Dann würden die Vögel ein Nest in meinen Zweigen bauen, und wenn der Wind weht, könnte ich genauso vornehm nicken wie die andern da!«

Er hatte nicht die geringste Freude am Sonnenschein, an den Vögeln oder an den roten Wolken, die morgens und abends über ihn dahinsegelten.

War es nun Winter, und ringsum lag glitzernd weiß der Schnee, dann kam oft ein Hase angesprungen und hüpfte geradewegs über den kleinen Baum hinüber, – oh, das war so ärgerlich! – Aber zwei Winter vergingen, und im dritten war der Baum so groß, dass der Hase um ihn herumlaufen musste. ›O wachsen, wachsen, groß und alt werden, das ist doch das einzig Schöne in dieser Welt‹, dachte der Baum.

Im Herbst kamen immer die Holzfäller und fällten ein paar von den größten Bäumen, das passierte jedes Jahr, und der junge Tannenbaum, der nun schon ganz gut herangewachsen war, zitterte dabei, denn die großen, prächtigen Bäume stürzten mit Knacken und Krachen zur Erde; die Äste wurden abgehauen, ganz nackt, lang und dünn sahen sie aus; sie waren kaum wiederzuerkennen, aber dann wurden sie auf Karren gelegt, und Pferde zogen sie aus dem Walde fort.

Wo kamen die hin? Was stand ihnen bevor? Im Frühling, als Schwalbe und Storch kamen, fragte der Baum sie: »Wisst ihr nicht, wo die hingebracht worden sind? Habt ihr sie nicht getroffen?«

Die Schwalben hatten keine Ahnung, aber der Storch sah bedenklich drein, nickte und sagte: »Tja, ich glaube schon! Als ich nach Ägypten flog, bin ich vielen neuen Schiffen begegnet; auf den Schiffen standen prächtige Mastbäume, ich nehme an, das waren sie, sie rochen nach Tanne; ich kann ihnen ja viele Grüße ausrichten, die ragen hoch hinauf, hoch hinauf.«

»O wär ich doch auch groß genug, um übers Meer dahinzufliegen! Wie ist das überhaupt so, dieses Meer, und womit kann man es vergleichen?«

»Ja, das ist so weitläufig zu erklären«, sagte der Storch, und dann ging er.

»Freu dich an deiner Jugend!«, sagten die Sonnenstrahlen. »Freu dich an deinem frischen Wachstum, an dem jungen Leben, das in dir ist!«

Und der Wind küsste den Baum, und der Tau vergoss Tränen über ihn, aber das verstand der Tannenbaum nicht.

Wenn es auf Weihnachten zuging, dann wurden ganz junge

Bäume gefällt, Bäume, die nicht einmal so groß und im selben Alter waren wie der Tannenbaum, der keine Rast und Ruh hatte, sondern immer nur wegwollte; diese jungen Bäume, und das waren ausgerechnet die allerhübschesten, behielten immer ihre Zweige, sie wurden auf Karren gelegt, und Pferde zogen sie aus dem Wald.

»Wo kommen die hin?«, fragte der Tannenbaum. »Die sind nicht größer als ich, es war sogar einer dabei, der war viel kleiner; warum behalten sie alle ihre Zweige? Wo fahren die hin?«

»Wir wissen's! Wir wissen's!«, zwitscherten die Spatzen. »Wir haben unten in der Stadt durch die Scheiben geguckt! Wir wissen, wo die hinfahren! Oh, die kommen in den größten Glanz und alle Herrlichkeit, die man sich denken kann! Wir haben zu den Fenstern hineingeschaut und gesehen, dass sie mitten in die warme Stube gepflanzt und mit den schönsten Sachen geschmückt werden, vergoldeten Äpfeln, Honigkuchen, Spielzeug und vielen hundert Kerzen!«

»Und dann –?«, fragte der Tannenbaum und zitterte in allen Zweigen. »Und dann? Was passiert dann?«

»Ja, mehr haben wir nicht gesehen! Aber das war unvergleichlich!«

»Ob ich geboren wurde, um diesen glanzvollen Weg zu gehen?«, jubelte der Baum. »Das ist doch besser, als übers Meer zu fahren! Wie ich leide vor Sehnsucht! Wenn es doch nur schon Weihnachten wäre! Nun bin ich groß und ausgestreckt, wie die andern, die im letzten Jahr weggebracht wurden! – O wär ich nur schon auf dem Karren! Wär ich doch drinnen in der warmen Stube mit all der Pracht und Herrlichkeit! Und danach –? Ja, da kommt noch etwas Besseres, noch Schöneres, warum sollen die mich sonst so schmücken! Da muss noch etwas Größeres kommen, noch herrlicher –! Aber was? Oh, ich leide! Ich hab solche Sehnsucht! Ich weiß selber nicht, was mit mir los ist!«

»Freu dich doch an mir!«, sagten die Luft und das Sonnenlicht. »Freu dich an deiner frischen Jugend draußen im Freien!«

Aber er freute sich kein bisschen; er wuchs und wuchs, winters und sommers war er grün; dunkelgrün stand er da; Leute, die ihn sahen, sagten: »Das ist ein schöner Baum!«, und zur Weihnachtszeit wurde er als erster von allen gefällt. Die Axt schlug ihm tief ins Mark, mit einem Seufzer fiel der Baum zur Erde, er empfand einen Schmerz, eine Ohnmacht, er konnte nicht im Geringsten an irgendein Glück denken, er war traurig, dass er nun von zu Hause getrennt werden sollte, von dem Fleck, wo er entsprossen war; er wusste ja, dass er die lieben alten Kameraden nie wiedersehen würde, die kleinen Büsche und Blumen ringsum, ja vielleicht nicht einmal die Vögel. Die Abreise war durchaus keine angenehme Sache.

Der Baum kam erst wieder zu sich, als er im Hof, abgeladen mit den anderen Bäumen, einen Mann sagen hörte: »Der da ist prächtig! Den brauchen wir und keinen andern!«

Nun kamen zwei Diener in vollem Ornat und trugen den Tannenbaum in einen großen, schönen Saal. Ringsum an den Wänden hingen Porträts, und an dem großen Fliesenkachelofen standen große chinesische Vasen mit Löwen auf dem Deckel; da standen Schaukelstühle, Seidensofas, große Tische voller Bilderbücher und mit Spielzeug für hundertmal hundert Reichstaler – das sagten jedenfalls die Kinder. Und der Tannenbaum wurde in einem großen, mit Sand gefüllten Kübel aufgestellt, aber niemand konnte sehen, dass es ein Kübel war, denn es wurde grüner Stoff herumdrapiert, und er stand auf einem großen bunten Teppich. O wie der Baum zitterte! Was würde nun bloß passieren? Diener und Fräulein kamen und schmückten ihn. An jeden Zweig hängten sie kleine Netze, die aus farbigem Papier ausgeschnitten waren; jedes Netz war mit Süßigkeiten gefüllt; vergoldete Äpfel und Walnüsse hingen da, als wären sie angewachsen, und über hundert rote, blaue und weiße Lichtchen wurden auf den Zweigen festgesteckt. Puppen, die so lebendig aussahen wie Menschen – der Baum hatte nie zuvor so etwas gesehen –, schwebten im Grün, und ganz hoch oben in den Wipfel wurde ein großer Stern aus Flittergold gesetzt; das war prächtig, ganz unvergleichlich prächtig.

»Heute Abend«, sagten alle, »heute Abend soll er glänzen!«

›Oh!‹, dachte der Baum. ›Wär es doch nur schon Abend! Wären nur die Lichter bald angezündet! Und was dann wohl passiert? Ob wohl Bäume aus dem Wald kommen, um mich anzusehen? Ob die Spatzen ans Fenster fliegen? Ob ich hier wohl festwachse und winters und sommers geschmückt bleibe?‹

O ja, er wusste genau Bescheid; aber er hatte richtig Borkenschmerzen vor lauter Sehnsucht, und Borkenschmerzen sind für einen Baum genauso schlimm wie Kopfschmerzen für uns.

Nun wurden die Lichter angezündet. Welch ein Glanz, welche Pracht! Der Baum zitterte dabei an allen Zweigen, so dass eins der Lichter das Grün in Brand setzte; das verkohlte ordentlich.

»Gott bewahre uns!«, schrien die Fräulein und löschten eilig.

Jetzt traute sich der Baum nicht einmal mehr zu zittern. Oh, das war ein Grauen! Ihm war so bange, dass er etwas von seiner Ausstaffierung verlieren könnte; er war ganz konfus in all dem Glanz, und nun gingen beide Flügeltüren auf, und eine Menge Kinder stürzten herein, als wollten sie den ganzen Baum umwerfen; die Älteren kamen bedächtig hinterdrein; die Kleinen standen ganz stumm, – aber nur einen Augenblick, dann jubelten sie wieder so laut, dass es nachhallte; sie tanzten um den Baum herum, und ein Geschenk nach dem anderen wurde abgepflückt.

›Was tun die denn da?‹, dachte der Baum. ›Was passiert jetzt?‹ Und die Lichter brannten bis auf die Zweige herunter, und wie sie nach und nach herunterbrannten, wurden sie gelöscht, und dann durften die Kinder den Baum plündern. Oh, sie stürzten sich auf ihn, dass es in allen Zweigen knackte; wäre er nicht mit Spitze und Goldstern an der Decke festgebunden gewesen, dann wäre er umgestürzt.

Die Kinder tanzten mit ihrem herrlichen Spielzeug herum,

niemand hatte Augen für den Baum, außer der alten Kinderfrau, die herumging und zwischen die Zweige lugte, aber das war nur, um zu sehen, ob nicht vielleicht doch eine Feige oder ein Apfel übersehen worden war.

»Eine Geschichte! Eine Geschichte!«, schrien die Kinder und zerrten einen kleinen dicken Mann zum Baum hin, und er setzte sich genau darunter. »Dann sind wir nämlich im Grünen«, sagte er, »und dem Baum wird es besonders guttun, wenn er mithört! Aber ich erzähle nur eine Geschichte. Wollt ihr die von ›Ivede-Avede‹ hören oder die von ›Klumpe-Dumpe-der-die-Treppe-hinunterfiel-und-doch-auf-den-Thron-kam-und-die-Prinzessin-kriegte‹?«

»›Ivede-Avede‹!«, schrien einige. »›Klumpe-Dumpe‹!«, schrien andere; es war ein Gebrüll und Geschrei, nur der Tannenbaum schwieg ganz still und dachte: ›Soll ich denn gar nicht dabei sein? Überhaupt nichts tun?‹ Aber er war ja dabei gewesen, hatte getan, was er tun sollte.

Und der Mann erzählte von »Klumpe-Dumpe-der-die-Treppe-hinunterfiel-und-doch-auf-den-Thron-kam-und-die-Prinzessin-kriegte«. Und die Kinder klatschten in die Hände und riefen: »Erzähl! Erzähl!« Sie wollten auch »Ivede-Avede« hören, aber sie bekamen nur das von »Klumpe-Dumpe«. Der Tannenbaum stand ganz still und gedankenvoll da, niemals hatten die Vögel im Walde so etwas erzählt. ›Klumpe-Dumpe fiel die Treppe hinunter und kriegte doch die Prinzessin! Jaja, so geht es zu in der Welt!‹, dachte der Tannenbaum und glaubte, es wäre alles wahr, weil es doch so ein netter Mann war, der erzählt hatte. ›Jaja! Wer weiß, wer weiß! Vielleicht fall ich auch die Treppe hinunter und kriege eine Prinzessin!‹ Und er freute sich auf den nächsten Tag, wo er wieder mit Lichtern und Spielzeug, Gold und Früchten eingekleidet werden würde.

»Morgen werd ich nicht mehr zittern!«, dachte er. »Ich will ganz froh und zufrieden sein in all meiner Herrlichkeit. Morgen werd ich wieder die Geschichte von ›Klumpe-Dumpe‹ hören und vielleicht auch die von ›Ivede-Avede‹.« Und der Baum stand still und gedankenvoll da, die ganze Nacht.

Am Morgen kamen der Knecht und das Hausmädchen herein. ›Jetzt geht's wieder los mit dem Ausstaffieren!‹, dachte der Baum, aber die schleppten ihn aus der Stube hinaus, die Treppe hoch, auf den Dachboden, und hier, in einem dunklen Winkel, in den kein Tageslicht fiel, stellten sie ihn ab. ›Was hat das zu bedeuten?‹, dachte der Baum. ›Was um alles in der Welt soll ich hier anfangen? Und was soll ich hier wohl zu hören kriegen?‹ Und er lehnte sich an die Mauer und dachte und dachte. – – Und Zeit genug hatte er, denn es vergingen Tage und Nächte; niemand kam herauf, und als endlich jemand kam, da war es, um einige große Kisten in die Ecke zu stellen; der Baum stand ganz versteckt, man hätte meinen können, er wäre reinweg vergessen worden.

›Jetzt ist es da draußen Winter!‹, dachte der Baum. ›Die Erde ist hart und mit Schnee bedeckt, die Menschen könnten mich gar nicht einpflanzen; darum soll ich hier noch windgeschützt stehen, bis es Frühling wird! Wie aufmerksam das bedacht ist! Wie sind die Menschen doch gut! – Wenn es hier nur nicht so dunkel wäre und so furchtbar einsam! – Nicht einmal ein kleiner Hase! – Es war doch so nett da draußen im Wald, wenn Schnee lag, und der Hase sprang vorbei; ja, auch als er über mich wegsprang, aber das konnte ich damals nicht vertragen. Hier oben ist es doch schrecklich einsam!‹

»Pi, pi!«, sagte eine kleine Maus in diesem Moment und schlüpfte hervor, und dann kam noch eine kleine hinterdrein. Sie schnupperten am Tannenbaum und schlüpften zwischen den Zweigen hinauf.

»Was für eine scheußliche Kälte!«, sagten die kleinen Mäuse. »Sonst ist es eigentlich ganz wundervoll hier oben! Stimmt's, du alter Tannenbaum?«

»Ich bin überhaupt nicht alt!«, sagte der Tannenbaum. »Es gibt eine Menge, die sind viel älter als ich!«

»Wo kommst du her?«, fragten die Mäuse. »Und was weißt du?« Sie waren nun einmal so furchtbar neugierig. »Erzähl uns doch von dem schönsten Platz auf der Welt! Bist du da gewesen? Warst du jemals in der Speisekammer, wo die Käsestücke in den Regalen liegen und die Schinken unter der Decke hängen, wo man auf Talglichtern tanzt, und mager hineingeht und fett wieder herauskommt?«

»Das kenn ich nicht!«, sagte der Baum. »Aber den Wald kenn ich, wo die Sonne scheint, und wo die Vögel singen!«, und dann erzählte er alles aus seiner Jugend, und die kleinen Mäuse hatten nie zuvor so etwas gehört, und sie hörten so aufmerksam zu und sagten: »Nein, was du alles gesehen hast! Wie glücklich bist du doch gewesen!«

»Ich!«, sagte der Tannenbaum und dachte über das nach, was er selber erzählte. »Ja, das waren, im Grunde, ganz lustige Zeiten!« – aber dann erzählte er vom Weihnachtsabend, als er mit Kuchen und Lichtern geschmückt war.

»Oh!«, sagten die kleinen Mäuse. »Wie glücklich bist du doch gewesen, du alter Tannenbaum!«

»Ich bin überhaupt nicht alt!«, sagte der Baum. »Es war doch erst in diesem Winter, dass ich aus dem Wald gekommen bin! Ich bin im allerbesten Alter, ich bin nur von etwas gesetztem Wuchs!«

»Wie schön du erzählen kannst!«, sagten die kleinen Mäuse, und in der nächsten Nacht brachten sie vier andere Mäuschen mit, die sollten auch hören, wie der Baum erzählte, und je mehr er erzählte, desto deutlicher erinnerte er sich selbst an alles und fand: »Das waren doch ganz lustige Zeiten! Aber die können auch wieder kommen, die können auch wieder kommen! Klumpe-Dumpe fiel die Treppe hinunter und kriegte doch die Prinzessin, vielleicht kann ich auch eine Prinzessin kriegen«, und dann dachte der Tannenbaum an so ein niedliches kleines Birkenbäumchen, das draußen im Walde wuchs, das war für den Tannenbaum eine wirkliche wunderschöne Prinzessin.

»Wer ist denn Klumpe-Dumpe?«, fragten die kleinen Mäuse. Und dann erzählte der Tannenbaum das ganze Märchen, er erinnerte sich noch an jedes einzelne Wort; und die kleinen Mäuse wären ihm beinahe bis in den Wipfel gehüpft, vor lauter Vergnügen. In der nächsten Nacht kamen noch viel mehr Mäuse, und am Sonntag sogar zwei Ratten; aber die sagten, die Geschichte wäre nicht lustig, und das betrübte die kleinen Mäuse, denn nun fanden sie sie auch nicht mehr so gut.

»Können Sie nur diese eine Geschichte?«, fragten die Ratten.

»Nur diese eine!«, antwortete der Baum. »Ich hörte sie an meinem glücklichsten Abend, aber damals dachte ich nicht daran, wie glücklich ich war!«

»Das ist eine über alle Maßen schlechte Geschichte! Können Sie nichts mit Speck oder Talglicht? Keine Speisekammergeschichten?«

»Nein!«, sagte der Tannenbaum.

»Ja, dann haben Sie vielen Dank!«, antworteten die Ratten und gingen nach Haus.

Zuletzt blieben auch die kleinen Mäuse weg, und da seufzte der Baum: »Das war doch ganz hübsch, wie die so um mich herum saßen, die emsigen Mäuschen, und hörten, was ich erzählte! Nun ist auch das vorbei! – Aber ich will daran denken, dass ich mich freue, wenn ich nun wieder hervorgeholt werde!«

Aber wann geschah das? – Ja! Es war eines Morgens, da kamen allerlei Leute und rumorten auf dem Dachboden herum; die Kisten wurden beiseitegeschoben, der Baum wurde hervorgezogen; sie warfen ihn zwar ein bisschen hart zu Boden, aber sogleich schleppte ein Knecht ihn zur Treppe, wo das Tageslicht schien.

»Jetzt fängt das Leben wieder an!«, dachte der Baum; er fühlte die frische Luft, den ersten Sonnenstrahl, – und jetzt war er draußen im Hof. Alles ging so geschwind, der Baum vergaß völlig, sich selbst zu beobachten, es gab ringsum so viel zu sehen. Der Hof grenzte an einen Garten, und darin stand alles in Blüte; die Rosen hingen so frisch und duftend übers Staket, die Linden blühten, und die Schwalben flogen umher und sagten »Quirre-wirre-witt, mein Mann ist da!«, aber es war nicht der Tannenbaum, den sie meinten.

»Jetzt werde ich leben!«, jubelte er und breitete seine Zweige weit aus; ach, sie waren alle welk und gelb; er lag in einer Ecke zwischen Unkraut und Brennnesseln. Der Goldpapier-Stern saß noch immer oben in der Spitze und glitzerte im hellen Sonnenschein.

Im Hof selbst spielten ein paar von den lustigen Kindern, die zur Weihnachtszeit um den Baum getanzt waren und sich so an ihm gefreut hatten. Eins von den kleinsten sauste herüber und riss den Goldstern ab.

»Seht nur, was da noch an dem ekligen alten Weihnachtsbaum hängt!«, sagte es und trampelte auf den Zweigen herum, dass es unter seinen Stiefeln knackte.

Und der Baum sah all die Blütenpracht und Frische im Garten an, er sah sich selber an, und er wünschte, er wäre in seinem dunklen Winkel auf dem Dachboden geblieben; er dachte an seine frische Jugend im Walde, an den lustigen Weihnachtsabend und an die kleinen Mäuse, die sich so froh die Geschichte von »Klumpe-Dumpe« angehört hatten.

»Vorbei! Vorbei!«, sagte der arme Baum. »Hätte ich mich doch gefreut, als ich es noch konnte! Vorbei! Vorbei!«

Und der Hausknecht kam und schlug den Baum in kleine Stücke, ein ganzes Bündel lag da; das prasselte herrlich unter dem großen Braukessel; und er seufzte so tief, jedes Seufzen war wie ein kleiner Schuss; darum kamen die Kinder, die draußen spielten, hereingelaufen und setzten sich vor das Feuer, sahen hinein und schrien: »Piff! Paff!«, aber bei jedem Knall, der ein tiefer Seufzer war, dachte der Baum an einen Sommertag im Walde, eine Winternacht da draußen, wenn die Sterne schimmerten; er dachte an den Weihnachtsabend und Klumpe-Dumpe, das einzige Märchen, das er gehört hatte und zu erzählen verstand –, und dann war der Baum ausgebrannt.

Die Kinder spielten im Hof, und das kleinste hatte den Goldstern auf der Brust, den der Baum an seinem glücklichsten Abend getragen hatte; jetzt war das vorbei, und der Baum war vorbei und die Geschichte auch; vorbei, vorbei, und das sind einmal alle Geschichten.

Anonym

Alice und ihre Tauben

Alice, das Töchterchen des Webers, stand umringt von ihren Tauben vor der Tür ihres Häuschens. Im kleinen Dorf Maussane in Südfrankreich gibt es viele schöne Tauben, aber die von Alice waren die schönsten von allen. Sie trippelten und drehten die Köpfe und streckten die Brüste in die Sonnenstrahlen, die sie in ihren goldenen Glanz einhüllten, und ihre schlanken, beweglichen Hälse und geschlossenen Flügel schimmerten in allen Farben des Regenbogens, in Purpur, Rosa, Blau und Grau.

Von allen ihren Tauben war nur das Pärchen Blanche und Blanc fleckenlos weiß, und darum hatte der Herr Pfarrer diese beiden auch ausgesucht, von den Hirten bei ihrer weihnachtlichen Bittprozession zu Ehren des Kindleins Jesus mitgetragen zu werden. Diese Tauben waren nicht nur schön, sondern auch besonders zahm, und wenn Alice sie rief, ließen sie sich auf ihre Schultern nieder und fraßen ihr aus der Hand.

Während Alice da mit ihren Lieblingen stand, kam der Herr Doktor auf der engen Dorfstraße heran und blieb stehen, um die Tauben zu bewundern.

Der Herr Doktor war ein großer Mann, der aus Lyon gekommen war und eine Woche in Maussane bleiben wollte. Von ihm wurde erzählt, er hätte schon mehrmals Blinde wieder sehend gemacht. Die blinde Barbara, die mit dem Rücken an der Wand ihres Hauses saß und strickte, hatte geduldig geseufzt, als sie das hörte. Wenn sie doch nur Geld hätte und ihn bezahlen könnte, vielleicht könnte dieser große Arzt auch sie wieder sehend machen, dachte sie. Aber weil sie sehr arm war, wußte sie genau, daß daran nicht zu denken war und sie blind bleiben würde.

Obwohl er bekannt und berühmt war, war der Herr Doktor doch ein besonders freundlicher Mann, der sich oft mit den Bewohnern von Maussane unterhielt. So stand er denn nun neben Alice und wollte sehen, ob die Tauben wohl auch ihm aus der Hand fressen würden. Und siehe da, sie taten es. Erst setzte sich eine Taube auf seine Schulter, dann die zweite, und schon bald pickten sie ihm die Erbsen von der ausgestreckten Hand. Blanche und Blanc bewunderte er am meisten, und bevor er weiterging, sagte er: »Möchtest du mir die beiden weißen Tauben nicht verkaufen, Kind. Ich habe eine Tochter, Angelique, und die hat sich schon so oft weiße Tauben gewünscht. Sie wäre so glücklich, wenn ich ihr diese beiden mitbringen würde. Ich werde dir eine schöne Summe dafür geben.«

Aber Alice schüttelte heftig den Kopf. »Nein, bestimmt nicht, Herr Doktor, das geht unmöglich«, antwortete sie. »Ich habe die Tauben von meinem Vetter Gaspard bekommen, der hat sie im Frühjahr aus den Bergen von Amergue mitgebracht. Und dann gibt es, nicht nur weil ich sie so sehr lieb habe, noch einen Grund, warum das nicht geht. Der Herr Pfarrer hat sie unter allen Tauben des Dorfes ausgesucht; denn die Hirten sollen sie bei der Prozession mittragen, beim großen Weihnachtsfest, das wir hier immer feiern.«

Das sah der Herr Doktor ein und wollte sie dann auch nicht mehr überreden.

So manches Mal blieb der Herr Doktor auch vor dem Häuschen stehen, wo die blinde Barbara saß und strickte, und dann unterhielt er sich mit ihr. Am Tag vor seiner Abreise führte er ein ernstes Gespräch mit ihr über ihre Augen. »Das ist bestimmt nicht unmöglich, daß du dein Augenlicht wiederbekommst, Barbara. Wenn du nur nach Lyon in meine Klinik kommst und dich mir anvertraust, dann werden wir ja sehen, ob da etwas zu machen ist. Das kostet dich nichts.«

Barbara bedankte sich herzlich, sagte aber nicht viel dazu. Sie wußte genau, daß es nach Lyon sehr weit war und sie nicht genug Geld hatte, die teure Reise zu bezahlen. Aber das erwähnte sie dem Herrn Doktor gegenüber mit keinem Wort. Nur Alice vertraute sie sich an, als die sich zu ihr setzte und sie fragte, was der Herr Doktor denn gesagt und versprochen hätte.

»Was sagst Du!« rief Alice. »Hat er gesagt, er kann dich vielleicht wieder sehend machen! Aber dann mußt du nach Lyon fahren, Barbara, selbstverständlich mußt du das. Wenn du wieder sehen kannst, kannst du wieder schöne Klöppelarbeiten machen, wie früher, und dann brauchst du nicht immer und ewig zu stricken, stricken, stricken. Hätte ich nur genug Geld für die Reise nach Lyon, das würde ich dir sofort geben, damit du zu dem großen Herrn Doktor kannst.«

Barbara schüttelte den Kopf. »Ich kann keine Spitzen mehr machen«, sagte sie ruhig. »Ich kann nur noch Strümpfe für die Hirten stricken. Das ist nicht viel, aber trotzdem sagt der Herr Pfarrer, daß, wenn auch die Arbeit noch so niedrig sein mag, wenn wir sie mit Liebe tun, Jesus doch mit uns zufrieden ist.«

Am Abend, als Alice ihren Tauben zuschaute, wie sie in Kreisen durch die Luft flogen und im Licht der untergehenden Sonne glänzten, dachte sie daran, daß der Herr Doktor für seine Tochter Angelique so gerne Blanche und Blanc gekauft hätte. Und plötzlich erinnerte sie sich daran, daß sie am Nachmittag Barbara gesagt hatte, wenn sie nur das Geld für die Reise nach Lyon hätte, würde sie es ihr gerne geben. Sie liebte Blanche und Blanc so sehr, daß allein der Gedanke an eine Trennung ihr die Tränen in die Augen trieb.

Aber Barbara liebte sie noch viel mehr, und wenn sie wieder sehen könnte, dann müßte sie nicht länger im Dunkeln sitzen und immer nur stricken, weil sie sonst nichts tun konnte. Vielleicht würde der Herr Doktor soviel für die Tauben bezahlen, wie die Reise nach Lyon kostete.

Soll ich sie wirklich für Barbara verkaufen, fragte sie sich. Ja, natürlich. Doch halt! Halt! Die beiden Tauben sollten ja von den Hirten in der Prozession mitgeführt werden. Also mußte sie erst noch den Herrn Pfarrer fragen. Ohne zu zögern eilte Alice durch die Dämmerung zur Pfarrei. Der Pfarrer hörte aufmerksam zu und blieb dann in Gedanken versunken sitzen.

Ängstlich hob Alice den Blick und sagte: »Aber es ist doch für die arme blinde Barbara, vielleicht kann Jesus das verstehen.«

Der Herr Pfarrer beugte sich über sie und küßte ihr freundlich die erhobene Stirn. »Daran zweifle ich nicht einen Augenblick, liebes Kind«, antwortete er.

Der Herr Doktor mußte am nächsten Tag in aller Frühe nach Lyon abreisen. Alice wußte also, daß sie ihm die Tauben sofort bringen mußte.

Nachdem sie die Erlaubnis des Herrn Pfarrers hatte, eilte sie zum Taubenschlag, wo Blanche und Blanc sich inmitten der anderen Tauben in den Schlaf gurrten. Alice kletterte hinauf und nahm sie vorsichtig heraus. Als sie die Leiter hinunterstieg, streichelte sie die kleinen Köpfe und setzte die beiden Tierchen dann in den Korb, den sie zuvor bereitgestellt hatte. Nachdem sie den Korb geschlossen hatte, eilte sie im Laufschritt zum Herrn Doktor.

»Aber liebes Kind«, sagte er überrascht, als Alice in dem Haus, in dem er wohnte, angekommen war, »du meinst also, ich kann die Tauben für meine Tochter Angelique mitnehmen? Aber sagtest du nicht, daß du sie nicht abgeben könntest? Und außerdem hast du mir doch erzählt, sie sollten Weihnachten in der Prozession mitmachen?«

»Das stimmt auch, Herr Doktor«, antwortete Alice leise und ein bißchen verlegen, »aber trotzdem, wenn Sie mir für die Tauben das Fahrgeld nach Lyon geben, können Sie sie haben.«

»Das Fahrgeld nach Lyon?« wiederholte der überraschte Doktor und musterte sie neugierig.

»Ja«, bestätigte Alice. »Ich brauche Geld für die Reise nach Lyon.«

Der gute Herr Doktor fragte nicht weiter, nahm den Korb mit den Tauben und gab ihr soviel Geld, wie die Reise nach Lyon und auch wieder zurück kostete.

Maussane liegt nicht an der Eisenbahnlinie. Wer nach Lyon reisen will, muß das mit dem Eilpostwagen tun, der von fünf starken Pferden gezogen und von Arnulph Manier gelenkt wird. Der Herr Doktor war schon lange unterwegs nach Lyon, als Alice bei der blinden Barbara an die Türe klopfte. »Komm rein«, rief Barbara in ihrem Zimmer.

»Barbara, liebe Barbara, du wirst wieder sehen können, du wirst wieder alles sehen können, denn hier ist das Geld für die Reise nach Lyon!« rief Alice aufgeregt und stürmte auf sie zu. Sie drückte Barbara das Geld in die Hände, die offen in ihrem Schoß lagen.

Barbara brachte vor Überraschung kein Wort heraus, aber als sie sich wieder ein bißchen erholt und von Alice gehört hatte, wie sie zu dem Geld gekommen war, sagte sie entschieden: »Du hast die Tauben verkauft? Nein, nein, Alice, das kann ich nicht annehmen. Du mußt das Geld sofort dem Herrn Doktor zurückbringen, dann wird er dir auch die Tauben wiedergeben.« Was Alice auch sagte, Barbara wollte nicht hören. Erst als der Herr Pastor ein ernstes Wort mit ihr gesprochen und seine ganze Überredungskunst eingesetzt hatte, war sie schließlich einverstanden.

»Verstehst du denn nicht, Barbara, daß die kleine Alice, als sie dies tat, nur einer guten und lieben Eingebung ihres Herzens gehorcht hat und daß man nicht nur geben, sondern auch nehmen können muß? Darum darfst du dich nicht weigern.«

Da widersprach Barbara nicht mehr.

Am Tag von Barbaras Abreise nach Lyon war halb Maussane um den Eilpostwagen versammelt, um sie zu verabschieden und ihr viel Glück zu wünschen. Der Herr Pfarrer half ihr auf den Platz und gab Arnulph Manier alle möglichen Informationen, wo er Barbara in Lyon absetzen mußte und wie er den Herrn Doktor finden könnte.

Der Winter nahm seinen Einzug in die Provence.

Die Felder waren kahl, und abends beugte der kalte Mistral die Wipfel der in langen, grauen Reihen stehenden Olivenbäume. Barbara war nun schon drei Wochen lang weg, und morgen sollte das große Weihnachtsfest sein, das in der Provence immer auf ganz besondere Art gefeiert wird.

Alice wartete ungeduldig auf die Ankunft des Postwagens, denn sie nahm an, daß Barbara zum Weihnachtsfest zu Hause sein wollte. Und sie täuschte sich nicht. Als Arnulph mit einem Zügelrucken mit dem Postwagen in die enge Straße von Maussane einbog und dann anhielt, stieg Barbara als erste aus, und zwar ohne Hilfe von anderen zu benötigen, denn sie war nun nicht länger die »Blinde Barbara«. Das konnten alle sofort sehen. Als Barbara ausstieg, kamen die Dorfbewohner von allen Seiten angelaufen, aus allen kleinen Seitengassen, um sie zu begrüßen. Der erste war der Herr Pfarrer. Doch Barbara umarmte als erste Alice, bedankte sich herzlich bei ihr und sagte, sie habe eine Nachricht des Herrn Doktors für sie. »Er bittet dich, Alice, heute abend gegen Sonnenuntergang zum Himmel hinaufzuschauen, in Richtung Lyon.«

Es war schon die Stunde des Sonnenuntergangs. Darum drehte sich Alice sofort um und schaute in Richtung Lyon, wie es der Herr Doktor gewünscht hatte. Alle Anwesenden schauten ebenfalls in Richtung Lyon zum Himmel hinauf. Ganz weit entfernt, wie Schneeflocken auf einem rosigen Berghang, waren zwei kleine Vögel zu sehen, die schnurstracks nach Maussane flogen. Und sie flogen schnell.

Alle Augen waren voll Spannung auf sie gerichtet, und als die Vögel näher herangekommen waren und größer wurden, sah man, daß es Tauben waren: Tauben, die von ihrer Reise zurück nach Hause kamen.

Alice konnte sich denken, welche Tauben es waren, aber sie konnte es noch nicht glauben. Sie hob die Arme und rief mit lauter Stimme verlangend: »Blanche und Blanc!«

»Oh, Barbara, Barbara, meinst du wirklich, sie sind es?«

Sie brauchte nicht länger zu zweifeln. Mit kräftigen Flügelschlägen die Luft peitschend, als ginge es ihnen nicht schnell genug, kamen die Tauben herunter und setzten sich dann laut gurrend auf ihre ausgestreckten Hände.

»Die Tauben von Alice! Die Tauben von Alice!« riefen die Hirten von Maussane erfreut, während Alice die schönen glatten Vögel an sich drückte.

Und dann merkte sie, daß Blanche etwas unter einen Flügel geklemmt hatte. Vorsichtig hob sie den Flügel an und sah eine kleine Papierrolle, die auf einer Feder steckte. Mit zitternden Fingern nahm sie das Röllchen ab und reichte es dem Pfarrer. Der Herr Pfarrer rollte es auf und las laut vor, so daß alle es deutlich hören konnten.

Liebe Alice,
die Tauben, die du weggegeben hast, um der blinden Barbara zu helfen, schicken meine kleine Angelique und ich wieder zurück. Da nichts wertvoller sein kann, dem Kind Jesus zu Füßen zu legen, als diese Gabe, mit der du einem Mitmenschen geholfen hast, bitten wir beide dich, diese beiden Tauben doch auf dem großen Weihnachtsfest in der Prozession der Hirten mitzutragen.

So wurden die weißen Tauben der Alice beim herrlichen Weihnachtsfest von Maussane doch mit durch die Kirche getragen. Barbara, nun nicht mehr blind, stand aufrecht im breiten Kirchenschiff und hielt die Hand ihrer Freundin Alice, als sie die Hirten mit dem weißen Lamm und den weißen Tauben an sich vorübergehen sah. Tief senkte sie den Kopf und dankte dem Vater im Himmel.

Ludwig Bechstein

Besenstielchen

Es lebte einmal ein Kaufmann, der hatte drei Töchter, von denen waren die beiden älteren stolz und hoffärtig, die jüngere aber, wenn sie auch ihre Schwestern an Schönheit bei weitem übertraf, bescheiden und sittsam. Sie kleidete sich einfach und hob so unbewusst ihre Schönheit mehr hervor, als jene durch den kostbarsten Putz vermochten. Nettchen, so hieß die jüngste Tochter des Kaufmanns, hatte eine einzige Herzensfreundin, die war sehr arm, aber ebenso schön als tugendhaft; es war die Tochter eines Besenbinders und wurde daher von Jung und Alt nur das Besenstielchen genannt. Beide Mädchen waren ein Herz und eine Seele, sie vertrauten sich ihre kleinen Geheimnisse und aller Rangunterschied war zwischen ihnen gefallen. Darüber erzürnten sich die beiden andern Schwestern zwar sehr, Nettchen jedoch ließ sie schelten und liebte ihr Besenstielchen darum nicht weniger.

Einst wollte der Kaufmann eine große Reise unternehmen, obgleich die Jahreszeit schon sehr vorgerückt war. Er fragte seine Töchter, ob sie einen Wunsch hegten, was er ihnen mitbringen sollte? Da sagte die älteste: »Bringe mir ein goldenes Halsgeschmeide mit!«, die zweite: »Bringe mir ein Paar Ohrgehänge mit, die so schön sind, dass mich alle Frauen darum beneiden!« Die jüngste sagte, sie habe keinen Wunsch, da die Güte des Vaters sie bereits versorgt habe; als aber der Kaufmann in sie drang, so antwortete sie lächelnd: »Ei, so bringe mir denn drei Rosen mit, die an einem Stiel gewachsen sind.« Sie war überzeugt, dass diese der Vater mitten im Winter nicht finden würde. Er küsste sie ihrer Bescheidenheit wegen und trat seine Reise an.

Er war schon wieder auf dem Nachhauseweg, als ihm die Geschenke einfielen, die er seinen Töchtern mitbringen wollte. Ein goldenes Halsgeschmeide und ein Paar prächtige Ohrgehänge waren bald gefunden, nicht aber so die drei Rosen für Nettchen. Der Vater war schon entschlossen, irgend ein anderes reiches Geschenk für seinen Liebling zu kaufen, als er sich plötzlich mit Erstaunen vor einer grünen Umhegung sah und als er durch eine breite Torfahrt trat, stand er in einem großen blühenden Garten, der sich an ein prächtiges Schloss lehnte. Draußen lag der Schnee, aber im Garten blühten die Bäume, Nachtigallen schlugen in den Büschen und endlich sah er sogar einen blühenden Rosenstrauch und daran an einem Zweig drei der schönsten halbaufgebrochenen Knospen. Mit Freuden dachte der Kaufmann daran, dass er nun Nettchens Wunsch erfüllen könne und brach den Zweig ab. Kaum aber war das geschehen, als ein ungeheures Tier mit langem hässlichen Rüssel, herabhängenden Ohren, zottigem Fell und Schweif vor ihm stand und die mit langen scharfen Krallen bewaffneten Tatzen auf seine Schulter legte. Der Kaufmann war zum Tod erschrocken, noch mehr aber, als das Tier zu sprechen begann und ihn für seinen Frevel mit dem Tod bedrohte. Der Kaufmann bat und erzählte, zu welchem Zweck er die Rosen bestimmt habe; darauf antwortete das Tier: »Deine jüngste Tochter muss eine wahre Perle ihres Geschlechtes sein; wohlan, wenn du mir versprichst, sie mir in sieben Monaten zur Frau zu geben, so sollst du lebendig zu den Deinigen zurückkehren.« So sehr der Kaufmann über dies Ansinnen erschrak, so versprach er doch alles in der Angst seines Herzens, indem er jedoch daran dachte, das Untier zu hintergehen.

Der Kaufmann kehrte zu den Seinigen zurück und teilte die Geschenke aus, aber er war traurig und trübsinnig und man merkte ihm an, dass er einen schweren Kummer auf dem Herzen trug. Nettchen lag ihm mit Bitten an, ihr sein Herzeleid zu entdecken, aber er half sich mit Ausflüchten; nur den beiden ältern Töchtern hatte er das Geheimnis entdeckt, die sich in ihrem argen Sinn darüber freuten. Nettchen durfte fast das Haus nicht verlassen, damit sie der Vater immer unter den Augen habe. Nur das Besenstielchen besuchte sie zuweilen.

Einst, der siebente Monat war eben verflossen, befand sie sich auch wieder mit Besenstielchen zusammen, als eine Equipage vor dem Hause hielt, und ein Bedienter mit stummer Gebärde dem Kaufmann einen Zettel überreichte, worauf nichts geschrieben stand, als die Worte: Erfülle dein Versprechen! Der Kaufmann erschrak, fasste sich jedoch und ließ das Besenstielchen zu sich entbieten. Das Mädchen kam, nichts Arges ahnend, da deutete der Kaufmann auf sie, sie wurde in den Wagen gehoben und fort ging es in sausendem Galopp.

Das Untier wusste aber den Betrug wohl, als Besenstielchen ihm vorgestellt wurde; es befahl, das Mädchen sogleich zurückzuführen und die Rechte mitzubringen. Der Wagen hielt wieder vor dem Hause des Kaufmanns und als das Besenstielchen ausstieg, flog ihr Nettchen um den Hals, die Freundin herzlich zu begrüßen. Sogleich wurde sie jedoch gepackt, und in den Wagen geschoben, der pfeilschnell mit seiner Beute davonfuhr.

Nettchen war wohl sehr erschrocken, aber sie fasste sich bald wieder und als sie in dem fremden schönen Schlosse ehrerbietig, obwohl mit stummer Gebärde empfangen wurde, ließ sie ihre Bekümmernis fahren. Stumme Diener brachten ihr die köstlichsten Speisen und wiesen ihr ein Schlafgemach an, wo ein blendend weißes Himmelbett sie zur Ruhe einlud. Sie überließ sich bald den Armen des Schlafs, nachdem sie ihr Gebet verrichtet; als sie jedoch erwachte, sah sie mit Schrecken, dass ein abscheuliches zottiges Untier neben ihr lag; da es aber stille und ruhig war, ließ sie es gewähren; es entfernte sich und Nettchen hatte Zeit über ihr Abenteuer nachzudenken. Das hässliche Tier war nun allmählich ihr Schlafgesell, aber sie fürchtete sich immer weniger vor ihm; es schmiegte sich vertraulich an sie, Nettchen streichelte sein zottiges Fell und duldete es selbst, als es mit seinem langen kalten Rüssel ihre Lippen berührte. Dies dauerte vier Wochen lang, als das Tier in einer Nacht nicht kam. Nettchen konnte nicht schlafen vor Sorge und Betrübnis, was aus dem Tier, das sie liebgewonnen hatte, geworden sein möchte. Als sie am Morgen im Garten spazieren ging, sah sie am Ufer des Bassins, das als Bad diente, das Tier ausgestreckt liegen; es rührte kein Glied und trug alle Spuren des Todes an sich. Da zuckte ein so bittrer Schmerz durch ihre Brust, dass sie um den Tod des armen Tieres weinte. Kaum aber waren ihre Tränen geflossen, als das Untier sich in einen wunderschönen Jüngling verwandelte, der sich vor ihr erhob, ihre Hand an seine Brust drückte und sprach: »Du hast mich aus einem furchtbaren Zauber erlöst. Ich sollte nach dem Willen meines Vaters eine Gattin freien, die ich nicht liebte; ich weigerte mich standhaft und im Zorn ließ mein Vater mich durch eine Zauberin in ein Ungeheuer verwandeln, das ich so lange bleiben sollte, bis eine reine Jungfrau mich trotz meiner hässlichen Gestalt lieben und Tränen um mich weinen werde. Du mit deinem Engelsherzen hast es getan, ich kann dir nicht genügend dafür danken; willst du aber meine Gattin werden, so will ich durch Liebe vergelten, was du an mir getan hast.« Nettchen reichte ihm die Hand und er ließ sich mit ihr trauen; nun erwachte das totenstille Schloss zu regem Leben. Es war Freude überall und die jungen Gatten lebten in seligem Glück. Dem jungen Weibe war aber die Bedingung gestellt worden, binnen Jahresfrist sich nicht nach dem väterlichen Hause zurückzusehnen; doch erhielt sie einen Spiegel, in dem sie alles sehen konnte, was im Kreise der Ihrigen vorging. Nettchen sah fleißig in den Spiegel und sah den Vater in Bekümmernis, die Schwestern hingegen heiter und guter Dinge. Auch das Besenstielchen sah sie, wie es Leid trug um die verlorne Freundin. Endlich aber versäumte sie es eine Zeitlang in den Spiegel zu sehen, und als sie wieder hineinblickte, sah sie den Vater auf dem Sterbelager, und die Schwestern im Nebenzimmer in einer fröhlichen Gesellschaft. Da ward die gute Tochter traurig und vertraute ihr Leid ihrem Gatten, der aber tröstete sie und sprach:

»Dein Vater wird nicht sterben; in meinem Garten wächst eine Pflanze, deren Saft ruft die entfliehenden Lebensgeister zurück. Bald ist das Jahr zu Ende, dann holen wir deinen Vater und du sollst dich nicht mehr von ihm trennen.«

Darüber freute sich Nettchen und als das Jahr um war, fuhren die Gatten mit glänzendem Gefolge nach Nettchens Vaterstadt. Die beiden ältern Schwestern zerplatzten schier vor Neid und Ärger, der Vater aber ward schon vor Entzücken gesund, dass das Böse sich zum Guten gewendet hatte. Der bewusste Saft machte ihn vollends kräftig und genesen. Auch das Besenstielchen freute sich sehr und Nettchen war gegen sie die alte treue Freundin. Sie und der Kaufmann begleiteten sie nach dem Schlosse des Prinzen.

Nettchen war versöhnlichen Herzens und so sehr sie auch von den Schwestern gekränkt worden war, so wollte sie doch auch mit ihnen ihr Glück teilen. Sie ließ sie daher kommen und zeigte ihnen all ihren Reichtum. Die Schwestern erbosten sich über all die Pracht noch mehr und beschlossen den Tod der Glücklichen. Als sie einst im Bade waren, tauchten sie Nettchen unter die Wellen, dass sie ertrank. Kaum jedoch war dies geschehen, als sich eine hohe Frauengestalt vor ihnen erhob, die sie mit zornigen Augen anblitzte. Sie berührte die Tote mit einem Stäbchen und sie ward lebendig. »Ich bin die Zauberin, die einst den Prinzen verzaubert hatte«, sprach die hohe Gestalt, »ich habe dein treffliches Herz erkannt und dich in meinen Schutz genommen. Diese Elenden töteten dich, nun bestimme du ihr Los!« Nettchen bat um Gnade für sie, die Zauberin aber schüttelte den Kopf und sprach: »Sterben müssen sie, denn du bist nimmer sicher vor ihrer Arglist und meine Macht ist zu Ende, wenn sie bestraft sind.« – »So mache mit ihnen, was du willst!«, seufzte Nettchen. »So sollen sie in Säulen verwandelt werden und es so lange bleiben, bis ein Mann sich in sie verliebt und das wird nimmer geschehen.« Sie berührte die Schwestern mit ihrer Hand und alsbald verwandelten sie sich in zwei Steinsäulen, die bis auf den heutigen Tag in dem Garten des prächtigen Schlosses stehen, denn es ist noch keinem Manne eingefallen, sich in kalte herzlose Steine zu verlieben. –

Das gute Besenstielchen blieb Nettchens treuste Freundin, und teilt ihr Glück noch immer, wenn sie nicht unterdessen alle beide gestorben sind.

Paula Dehmel

Weihnachten in der Vorratskammer

Unter der Türschwelle war ein kleines Loch. Dahinter saß die Maus Kiek und wartete.

Sie wartete, bis der Hausherr die Stiefel aus- und die Uhr aufgezogen hatte; sie wartete, bis die Mutter ihr Schlüsselkörbchen auf den Nachttisch gestellt und die schlafenden Kinder noch einmal zugedeckt hatte; sie wartete auch noch, als alles dunkel war und tiefe Stille im Hause herrschte. Dann ging sie.

Bald wurde es in der Speisekammer lebendig. Kiek hatte die ganze Mäusefamilie benachrichtigt. Da kam Miek die Mäusemutter mit den fünf Kleinen, und Onkel Grisegrau und Tante Fellchen stellten sich auch ein.

»Frauchen, hier ist etwas Weiches, Süßes«, sagte Kiek leise vom obersten Brett herunter zu Miek, »das ist etwas für die Kinder«, und er teilte von den Mohnpielen aus. »Komm hierher, Grisegrau«, piepste Fellchen, und guckte hinter der Mehltonne vor, »hier gibt's Gänsebraten, vorzüglich, sag ich dir, die reine Hafermast; wie Nuss knuspert sich's.« Grisegrau aber saß in der neuen Kiste in der Ecke, knabberte am Pfefferkuchen und ließ sich nicht stören. Die Mäusekinder balgten sich im Sandkasten und kriegten Mohnpielen. »Papa«, sagte das größte, »meine Zähne sind schon scharf genug, ich möchte lieber knabbern, knabbern hört sich so hübsch an.« »Ja, ja, wir wollen auch lieber knabbern«, sagten alle Mäusekinder, »Mohnpielen sind uns zu matschig«, und bald hörte man sie am Gänsebraten und am Pfefferkuchen. »Verderbt euch nicht den Magen«, rief Fellchen, die Angst hatte, selber nicht genug zu kriegen, »an einem verdorbenen Magen kann man sterben.« Die kleinen Mäuse sahen ihre Tante erschrocken an; sterben wollten sie ganz und gar nicht, das musste schrecklich sein. Vater Kiek beruhigte sie und erzählte ihnen von Gottlieb und Lenchen, die drinnen in ihren Betten lägen und ein hölzernes Pferdchen und eine Puppe im Arm hätten; und dass in der großen Stube ein mächtiger Baum stände mit Lichtern und buntem Flimmerstaat, und dass es in der ganzen Wohnung herrlich nach frischem Kuchen röche, der aber im Glasschrank stände, und an den man nicht heran könnte. »Ach«, sagte Fellchen, »erzähle nicht so viel, lass die Kinder lieber essen.« Die aber lachten die Tante mit dem dicken Bauch aus und wollten noch viel mehr wissen, mehr als der gute Kiek selbst wusste. Zuletzt bestanden sie darauf, auch einen Weihnachtsbaum zu haben, und die zärtlichen Mäuseeltern liefen wirklich in die Küche und zerrten einen Ast herbei, der von dem großen Tannenbaum abgeschnitten war. Das gab einen Hauptspaß. Die Mäusekinder quiekten vor Entzücken und fingen an, an dem grünen Tannenholz zu knabbern; das schmeckte aber abscheulich nach Terpentin, und sie ließen es sein und kletterten lieber in dem Ast umher. Schließlich machten sie die ganze Speisekammer zu ihrem Spielplatz. Sie huschten hierhin und dorthin, machten Männchen, lugten neugierig über die Bretter in alle Winkel hinein, und spielten Versteck hinter den Gemüsebüchsen und Einmachetöpfen; was sollten sie auch mit dem dummen Weihnachtsbaum, an dem es nichts zu essen gab! Als aber das kleinste ins Pflaumenmus gefallen war und von Mama Miek und Onkel Grisegrau abgeleckt werden musste, wurde ihnen das Umhertollen untersagt, und sie mussten wieder artig am Pfefferkuchen knabbern.

Am andern Morgen fand die alte Köchin kopfschüttelnd den Tannenast in der Speisekammer und viele Krümel und noch etwas, was nicht gerade in die Speisekammer gehört, ihr werdet euch schon denken können was! Als Gottlieb und Lenchen in die Küche kamen, um der alten Marie guten Morgen zu wünschen, zeigte sie ihnen die Bescherung und meinte: »Die haben auch tüchtig Weihnachten gefeiert.« Die Kinder aber tuschelten und lachten und holten einen Blumentopf. Sie pflanzten den Ast hinein und bekränzten ihn mit Zuckerwerk, aufgeknackten Nüssen, Honigkuchen und Speckstückchen. Die alte Marie brummte; da aber die Mutter lachend zuguckte, musste sie schon klein beigeben. Sie stellte alles andre sicher und ließ den kleinen Naschtieren nur ihren Weihnachtsbaum.

Die Kinder aber jubelten, als sie am zweiten Feiertage den Mäusebaum geplündert vorfanden und hätten gar zu gern auch ein Dankeschön von dem kleinen Volke gehört.

Das aber lag unter der Diele und verdaute. »Den guten Speck vergess ich mein Leblang nicht«, sagte Fellchen, und Grisegrau biss eine mitgebrachte Haselnuss entzwei; Kiek und Miek aber waren besorgt um ihre Kleinen, die hatten zu viel Pfefferkuchen gegessen, und ihr wisst, liebe Kinder, das tut nicht gut!

E. T. A. Hoffmann

Nussknacker und Mausekönig

Der Weihnachtsabend

Am vierundzwanzigsten Dezember durften die Kinder des Medizinalrats Stahlbaum den ganzen Tag über durchaus nicht in die Mittelstube hinein, viel weniger in das daran stoßende Prunkzimmer. In einem Winkel des Hinterstübchens zusammengekauert, saßen Fritz und Marie, die tiefe Abenddämmerung war eingebrochen und es wurde ihnen recht schaurig zumute, als man, wie es gewöhnlich an dem Tage geschah, kein Licht hereinbrachte. Fritz entdeckte ganz insgeheim wispernd der jüngern Schwester (sie war eben erst sieben Jahr alt worden) wie er schon seit frühmorgens es habe in den verschlossenen Stuben rauschen und rasseln, und leise pochen hören. Auch sei nicht längst ein kleiner dunkler Mann mit einem großen Kasten unter dem Arm über den Flur geschlichen, er wisse aber wohl, dass es niemand anders gewesen als Pate Droßelmeier. Da schlug Marie die kleinen Händchen vor Freude zusammen und rief: »Ach was wird nur Pate Droßelmeier für uns Schönes gemacht haben.« Der Obergerichtsrat Droßelmeier war gar kein hübscher Mann, nur klein und mager, hatte viele Runzeln im Gesicht, statt des rechten Auges ein großes schwarzes Pflaster und auch gar keine Haare, weshalb er eine sehr schöne weiße Perücke trug, die war aber von Glas und ein künstliches Stück Arbeit. Überhaupt war der Pate selbst auch ein sehr künstlicher Mann, der sich sogar auf Uhren verstand und selbst welche machen konnte. Wenn daher eine von den schönen Uhren in Stahlbaums Hause krank war und nicht singen konnte, dann kam Pate Droßelmeier, nahm die Glasperücke ab, zog sein gelbes Röckchen aus, band eine blaue Schürze um und stach mit spitzigen Instrumenten in die Uhr hinein, so dass es der kleinen Marie ordentlich wehe tat, aber es verursachte der Uhr gar keinen Schaden, sondern sie wurde vielmehr wieder lebendig und fing gleich an recht lustig zu schnurren, zu schlagen und zu singen, worüber denn alles große Freude hatte. Immer trug er, wenn er kam, was Hübsches für die Kinder in der Tasche, bald ein Männlein, das die Augen verdrehte und Komplimente machte, welches komisch anzusehen war, bald eine Dose, aus der ein Vögelchen heraushüpfte, bald was anderes. Aber zu Weihnachten, da hatte er immer ein schönes künstliches Werk verfertigt, das ihm viel Mühe gekostet, weshalb es auch, nachdem es einbeschert worden, sehr sorglich von den Eltern aufbewahrt wurde. – »Ach, was wird nur Pate Droßelmeier für uns Schönes gemacht haben«, rief nun Marie; Fritz meinte aber, es könne wohl diesmal nichts anders sein, als eine Festung, in der allerlei sehr hübsche Soldaten auf- und abmarschierten und exerzierten, und dann müssten andere Soldaten kommen, die in die Festung hineinwollten, aber nun schössen die Soldaten von innen tapfer heraus mit Kanonen, dass es tüchtig brauste und knallte. »Nein, nein«, unterbrach Marie den Fritz, »Pate Droßelmeier hat mir von einem schönen Garten erzählt, darin ist ein großer See, auf dem schwimmen sehr herrliche Schwäne mit goldnen Halsbändern herum und singen die hübschesten Lieder. Dann kommt ein kleines Mädchen aus dem Garten an den See und lockt die Schwäne heran und füttert sie mit süßem Marzipan.« »Schwäne fressen keinen Marzipan«, fiel Fritz etwas rau ein, »und einen ganzen Garten kann Pate Droßelmeier auch nicht machen. Eigentlich haben wir wenig von seinen Spielsachen; es wird uns ja alles gleich wieder weggenommen, da ist mir denn doch das viel lieber, was uns Papa und Mama einbescheren, wir behalten es fein und können damit machen, was wir wollen.« Nun rieten die Kinder hin und her, was es wohl diesmal wieder geben könne. Marie meinte, dass Mamsell Trutchen (ihre große Puppe) sich sehr verändere, denn ungeschickter als jemals fiele sie jeden Augenblick auf den Fußboden, welches ohne garstige Zeichen im Gesicht nicht abginge, und dann sei an Reinlichkeit in der Kleidung gar nicht mehr zu denken. Alles tüchtige Ausschelten helfe nichts. Auch habe Mama gelächelt, als sie sich über Gretchens kleinen Sonnenschirm so gefreut. Fritz versicherte dagegen, ein tüchtiger Fuchs fehle seinem Marstall durchaus, so wie seinen Truppen gänzlich an Kavallerie, das sei dem Papa recht gut bekannt. – So wussten die Kinder wohl, dass die Eltern ihnen allerlei schöne Gaben eingekauft hatten, die sie nun aufstellten, es war ihnen aber auch gewiss, dass dabei der liebe Heilige Christ mit gar freundlichen frommen Kindesaugen hineinleuchte und dass wie von segensreicher Hand berührt, jede Weihnachtsgabe ehrliche Lust bereite wie keine andere. Daran erinnerte die Kinder, die immerfort von den zu erwartenden Geschenken wisperten, ihre ältere Schwester Luise, hinzufügend, dass es nun aber auch der Heilige Christ sei, der durch die Hand der lieben Eltern den Kindern immer das beschere, was ihnen wahre Freude und Lust bereiten könne, das wisse er viel besser als die Kinder selbst, die müssten daher nicht allerlei wünschen und hoffen, sondern still und fromm erwarten, was ihnen beschert worden. Die kleine Marie wurde ganz nachdenklich, aber Fritz murmelte vor sich hin: »Einen Fuchs und Husaren hätt' ich nun einmal gern.«

Es war ganz finster geworden. Fritz und Marie, fest aneinandergerückt, wagten kein Wort mehr zu reden, es war ihnen als rausche es mit linden Flügeln um sie her und als ließe sich eine ganz ferne, aber sehr herrliche Musik vernehmen. Ein heller Schein streifte an der Wand hin, da wussten die Kinder, dass nun das Christkind auf glänzenden Wolken fortgeflogen zu andern glücklichen Kindern. In dem Augenblick ging es mit silberhellem Ton: Klingling, klingling, die Türen sprangen auf, und solch ein Glanz strahlte aus dem großen Zimmer hinein, dass die Kinder mit lautem Ausruf: »Ach! – Ach!« wie erstarrt auf der Schwelle stehen blieben. Aber Papa und Mama traten in die Türe, fassten die Kinder bei der Hand und sprachen: »Kommt doch nur, kommt doch nur, ihr lieben Kinder und seht, was euch der Heilige Christ beschert hat.«

Die Gaben

Ich wende mich an dich selbst, sehr geneigter Leser oder Zuhörer Fritz – Theodor – Ernst – oder wie du sonst heißen magst und bitte dich, dass du dir deinen letzten, mit schönen bunten Gaben reich geschmückten Weihnachtstisch recht lebhaft vor Augen bringen mögest, dann wirst du es dir wohl auch denken können, wie die Kinder mit glänzenden Augen ganz verstummt stehen blieben, wie erst nach einer Weile Marie mit einem tiefen Seufzer rief: »Ach wie schön – ach wie schön«, und Fritz einige Luftsprünge versuchte, die ihm überaus wohl gerieten. Aber die Kinder mussten auch das ganze Jahr über besonders artig und fromm gewesen sein, denn nie war ihnen so viel Schönes, Herrliches einbeschert worden als dieses Mal. Der große Tannenbaum in der Mitte trug viele goldne und silberne Äpfel, und wie Knospen und Blüten keimten Zuckermandeln und bunte Bonbons und was es sonst noch für schönes Naschwerk gibt, aus allen Ästen. Als das Schönste an dem Wunderbaum musste aber wohl gerühmt werden, dass in seinen dunkeln Zweigen hundert kleine Lichter wie Sternlein funkelten und er selbst, in sich hinein und heraus leuchtend, die Kinder freundlich einlud seine Blüten und Früchte zu pflücken. Um den Baum umher glänzte alles sehr bunt und herrlich – was es da alles für schöne Sachen gab – ja, wer das zu beschreiben vermöchte! Marie erblickte die zierlichsten Puppen, allerlei saubere kleine Gerätschaften und was vor allem schön anzusehen war, ein seidenes Kleidchen mit bunten Bändern zierlich geschmückt, hing an einem Gestell so der kleinen Marie vor Augen, dass sie es von allen Seiten betrachten konnte und das tat sie denn auch, indem sie ein Mal über das andere ausrief: »Ach das schöne, ach, das liebe – liebe Kleidchen; und das werde ich – ganz gewiss – das werde ich wirklich anziehen dürfen!« – Fritz hatte indessen schon drei- oder viermal um den Tisch herum galoppierend und trabend den neuen Fuchs versucht, den er in der Tat am Tische angezäumt gefunden. Wieder absteigend, meinte er, es sei eine wilde Bestie, das täte aber nichts, er wolle ihn schon kriegen, und musterte die neue Schwadron Husaren, die sehr prächtig in Rot und Gold gekleidet waren, lauter silberne Waffen trugen und auf solchen weißglänzenden Pferden ritten, dass man beinahe hätte glauben sollen, auch diese seien von purem Silber. Eben wollten die Kinder, etwas ruhiger geworden, über die Bilderbücher her, die aufgeschlagen waren, dass man allerlei sehr schöne Blumen und bunte Menschen, ja auch allerliebste spielende Kinder, so natürlich gemalt als lebten und sprächen sie wirklich, gleich anschauen konnte. – Ja! eben wollten die Kinder über diese wunderbaren Bücher her, als nochmals geklingelt wurde. Sie wussten, dass nun der Pate Droßelmeier einbescheren würde, und liefen nach dem an der Wand stehenden Tisch. Schnell wurde der Schirm, hinter dem er so lange versteckt gewesen, weggenommen. Was erblickten da die Kinder! – Auf einem grünen mit bunten Blumen geschmückten Rasenplatz stand ein sehr herrliches Schloss mit vielen Spiegelfenstern und goldnen Türmen. Ein Glockenspiel ließ sich hören, Türen und Fenster gingen auf, und man sah, wie sehr kleine, aber zierliche Herrn und Damen mit Federhüten und langen Schleppkleidern in den Sälen herumspazierten. In dem Mittelsaal, der ganz in Feuer zu stehen schien – so viel Lichterchen brannten an silbernen Kronleuchtern – tanzten Kinder in kurzen Wämschen und Röckchen nach dem Glockenspiel. Ein Herr in einem smaragdenen Mantel sah oft durch ein Fenster, winkte heraus und verschwand wieder, so wie auch Pate Droßelmeier selbst, aber kaum viel höher als Papas Daumen zuweilen unten an der Tür des Schlosses stand und wieder hineinging. Fritz hatte mit auf den Tisch gestemmten Armen das schöne Schloss und die tanzenden und spazierenden Figürchen angesehen, dann sprach er: »Pate Droßelmeier! Lass mich mal hineingehen in dein Schloss!« – Der Obergerichtsrat bedeutete ihn, dass das nun ganz und gar nicht anginge. Er hatte auch recht, denn es war töricht von Fritzen, dass er in ein Schloss gehen wollte, welches überhaupt mitsamt seinen goldnen Türmen nicht so hoch war, als er selbst. Fritz sah das auch ein. Nach einer Weile, als immerfort auf dieselbe Weise die Herrn und Damen hin und her spazierten, die Kinder tanzten, der smaragdne Mann zu demselben Fenster heraussah, Pate Droßelmeier vor die Türe trat, da rief Fritz ungeduldig: »Pate Droßelmeier, nun komm mal zu der andern Tür da drüben heraus.« »Das geht nicht, liebes Fritzchen«, erwiderte der Obergerichtsrat. »Nun so lass mal«, sprach Fritz weiter, »lass mal den grünen Mann, der so oft herauskuckt, mit den andern herumspazieren.« »Das geht auch nicht«, erwiderte der Obergerichtsrat aufs Neue. »So sollen die Kinder herunterkommen«, rief Fritz, »ich will sie näher besehen.« »Ei das geht alles nicht«, sprach der Obergerichtsrat verdrießlich, »wie die Mechanik nun einmal gemacht ist, muss sie bleiben.« »So-o?«, fragte Fritz mit gedehntem Ton, »das geht alles nicht? Hör mal Pate Droßelmeier, wenn deine kleinen geputzten Dinger in dem Schlosse nichts mehr können als immer dasselbe, da taugen sie nicht viel, und ich frage nicht sonderlich nach ihnen. – Nein, da lob' ich mir meine Husaren, die müssen manövrieren vorwärts, rückwärts, wie ich's haben will und sind in kein Haus eingesperrt.« Und damit sprang er fort an den Weihnachtstisch und ließ seine Eskadron auf den silbernen Pferden hin und her trottieren und schwenken und einhauen und feuern nach Herzenslust. Auch Marie hatte sich sachte fortgeschlichen, denn auch sie wurde des Herumgehens und Tanzens der Püppchen im Schlosse bald überdrüssig, und mochte es, da sie sehr artig und gut war, nur nicht so merken lassen, wie Bruder Fritz. Der Obergerichtsrat Droßelmeier sprach ziemlich verdrießlich zu den Eltern: »Für unverständige Kinder ist solch künstliches Werk nicht, ich will nur mein Schloss wieder einpacken«; doch die Mutter trat hinzu und ließ sich den innern Bau und das wunderbare, sehr künstliche Räderwerk zeigen, wodurch die kleinen Püppchen in Bewegung gesetzt wurden. Der Rat nahm alles auseinander, und setzte es wieder zusammen. Dabei war er wieder ganz heiter geworden, und schenkte den Kindern noch einige schöne braune Männer und Frauen mit goldnen Gesichtern, Händen und Beinen. Sie waren sämtlich aus Thorn, und rochen so süß und angenehm wie Pfefferkuchen, worüber Fritz und Marie sich sehr erfreuten. Schwester Luise hatte, wie es die Mutter gewollt, das schöne Kleid angezogen, welches ihr einbeschert worden, und sah wunderhübsch aus, aber Marie meinte, als sie auch ihr Kleid anziehen sollte, sie möchte es lieber noch ein bisschen so ansehen. Man erlaubte ihr das gern.

Der Schützling

Eigentlich mochte Marie sich deshalb gar nicht von dem Weihnachtstisch trennen, weil sie eben etwas noch nicht Bemerktes entdeckt hatte. Durch das Ausrücken von Fritzens Husaren, die dicht an dem Baum in Parade gehalten, war nämlich ein sehr vortrefflicher kleiner Mann sichtbar geworden, der still und bescheiden dastand, als erwarte er ruhig, wenn die Reihe an ihn kommen werde. Gegen seinen Wuchs wäre freilich vieles einzuwenden gewesen, denn abgesehen davon, dass der etwas lange, starke Oberleib nicht recht zu den kleinen dünnen Beinchen passen wollte, so schien auch der Kopf bei weitem zu groß. Vieles machte die propre Kleidung gut, welche auf einen Mann von Geschmack und Bildung schließen ließ. Er trug nämlich ein sehr schönes violettglänzendes Husarenjäckchen mit vielen weißen Schnüren und Knöpfchen, ebensolche Beinkleider, und die schönsten Stiefelchen, die jemals an die Füße eines Studenten, ja wohl gar eines Offiziers gekommen sind. Sie saßen an den zierlichen Beinchen so knapp angegossen, als wären sie darauf gemalt. Komisch war es zwar, dass er zu dieser Kleidung sich hinten einen schmalen, unbeholfenen Mantel, der recht aussah wie von Holz, angehängt, und ein Bergmannsmützchen aufgesetzt hatte, indessen dachte Marie daran, dass Pate Droßelmeier ja auch einen sehr schlechten Matin umhänge, und eine fatale Mütze aufsetze, dabei aber doch ein gar lieber Pate sei. Auch stellte Marie die Betrachtung an, dass Pate Droßelmeier, trüge er sich auch übrigens so zierlich wie der Kleine, doch nicht einmal so hübsch als er aussehen werde. Indem Marie den netten Mann, den sie auf den ersten Blick liebgewonnen, immer mehr und mehr ansah, da wurde sie erst recht inne, welche Gutmütigkeit auf seinem Gesichte lag. Aus den hellgrünen, etwas zu großen hervorstehenden Augen sprach nichts als Freundschaft und Wohlwollen. Es stand dem Manne gut, dass sich um sein Kinn ein wohlfrisierter Bart von weißer Baumwolle legte, denn umso mehr konnte man das süße Lächeln des hochroten Mundes bemerken. »Ach!«, rief Marie endlich aus: »Ach lieber Vater, wem gehört denn der allerliebste kleine Mann dort am Baum?« »Der«, antwortete der Vater, »der, liebes Kind! soll für euch alle tüchtig arbeiten, er soll euch fein die harten Nüsse aufbeißen, und er gehört Luisen ebenso gut, als dir und dem Fritz.« Damit nahm ihn der Vater behutsam vom Tische, und indem er den hölzernen Mantel in die Höhe hob, sperrte das Männlein den Mund weit, weit auf, und zeigte zwei Reihen sehr weißer spitzer Zähnchen. Marie schob auf des Vaters Geheiß eine Nuss hinein, und – knack – hatte sie der Mann zerbissen, dass die Schalen abfielen, und Marie den süßen Kern in die Hand bekam. Nun musste wohl jeder und auch Marie wissen, dass der zierliche kleine Mann aus dem Geschlecht der Nussknacker abstammte, und die

Profession seiner Vorfahren trieb. Sie jauchzte auf vor Freude, da sprach der Vater: »Da dir, liebe Marie, Freund Nussknacker so sehr gefällt, so sollst du ihn auch besonders hüten und schützen, unerachtet, wie ich gesagt, Luise und Fritz ihn mit ebenso vielem Recht brauchen können als du!« – Marie nahm ihn sogleich in den Arm und ließ ihn Nüsse aufknacken, doch suchte sie die kleinsten aus, damit das Männlein nicht so weit den Mund aufsperren durfte, welches ihm doch im Grunde nicht gut stand. Luise gesellte sich zu ihr, und auch für sie musste Freund Nussknacker seine Dienste verrichten, welches er gern zu tun schien, da er immerfort sehr freundlich lächelte. Fritz war unterdessen vom vielen Exerzieren und Reiten müde geworden, und da er so lustig Nüsse knacken hörte, sprang er hin zu den Schwestern, und lachte recht von Herzen über den kleinen drolligen Mann, der nun, da Fritz auch Nüsse essen wollte, von Hand zu Hand ging, und gar nicht aufhören konnte mit Auf- und Zuschnappen. Fritz schob immer die größten und härtsten Nüsse hinein, aber mit einem Male ging es – krack – krack – und drei Zähnchen fielen aus des Nussknackers Munde, und sein ganzes Unterkinn war lose und wackligt. – »Ach, mein armer lieber Nussknacker!«, schrie Marie laut, und nahm ihn dem Fritz aus den Händen. »Das ist ein einfältiger dummer Bursche«, sprach Fritz. »Will Nussknacker sein, und hat kein ordentliches Gebiss – mag wohl auch sein Handwerk gar nicht verstehn. – Gib ihn nur her, Marie! Er soll mir Nüsse zerbeißen, verliert er auch noch die übrigen Zähne, ja das ganze Kinn obendrein, was ist an dem Taugenichts gelegen.« »Nein, nein«, rief Marie weinend, »du bekommst ihn nicht, meinen lieben Nussknacker, sieh nur her, wie er mich so wehmütig anschaut, und mir sein wundes Mündchen zeigt! – Aber du bist ein hartherziger Mensch – du schlägst deine Pferde, und lässt wohl gar einen Soldaten totschießen.« – »Das muss so sein, das verstehst du nicht«, rief Fritz; »aber der Nussknacker gehört ebenso gut mir, als dir, gib ihn nur her.« – Marie fing an heftig zu weinen, und wickelte den kranken Nussknacker schnell in ihr kleines Taschentuch ein. Die Eltern kamen mit dem Paten Droßelmeier herbei. Dieser nahm zu Mariens Leidwesen Fritzens Partie. Der Vater sagte aber: »Ich habe den Nussknacker ausdrücklich unter Mariens Schutz gestellt, und da, wie ich sehe, er dessen eben jetzt bedarf, so hat sie volle Macht über ihn, ohne dass jemand dreinzureden hat. Übrigens wundert es mich sehr von Fritzen, dass er von einem im Dienst Erkrankten noch fernere Dienste verlangt. Als guter Militär sollte er doch wohl wissen, dass man Verwundete niemals in Reihe und Glied stellt?« – Fritz war sehr beschämt, und schlich, ohne sich weiter um Nüsse und Nussknacker zu bekümmern, fort an die andere Seite des Tisches, wo seine Husaren, nachdem sie gehörige Vorposten ausgestellt hatten, ins Nachtquartier gezogen waren. Marie suchte Nussknackers verlorne Zähnchen zusammen, um das kranke Kinn hatte sie ein hübsches weißes Band, das sie von ihrem Kleidchen abgelöst, gebunden, und dann den armen Kleinen, der sehr blass und erschrocken aussah, noch sorgfältiger als vorher in ihr Tuch eingewickelt. So hielt sie ihn wie ein kleines Kind wiegend in den Armen, und besah die schönen Bilder des neuen Bilderbuchs, das heute unter den andern vielen Gaben lag. Sie wurde, wie es sonst gar nicht ihre Art war, recht böse, als Pate Droßelmeier so sehr lachte, und immerfort fragte, wie sie denn mit solch einem grundhässlichen kleinen Kerl so schöntun könne. – Jener sonderbare Vergleich mit Droßelmeier, den sie anstellte, als der Kleine ihr zuerst in die Augen fiel, kam ihr wieder in den Sinn, und sie sprach sehr ernst: »Wer weiß, lieber Pate, ob du denn, putztest du dich auch so heraus wie mein lieber Nussknacker, und hättest du auch solche schöne blanke Stiefelchen an, wer weiß, ob du denn doch so hübsch aussehen würdest, als er!« – Marie wusste gar nicht, warum denn die Eltern so laut auflachten, und warum der Obergerichtsrat solch eine rote Nase bekam, und gar nicht so hell mitlachte, wie zuvor. Es mochte wohl seine besondere Ursache haben.

Wunderdinge

Bei Medizinalrats in der Wohnstube, wenn man zur Türe hineintritt gleich links an der breiten Wand steht ein hoher Glasschrank, in welchem die Kinder all die schönen Sachen, die ihnen jedes Jahr einbeschert worden, aufbewahren. Die Luise war noch ganz klein, als der Vater den Schrank von einem sehr geschickten Tischler machen ließ, der so himmelhelle Scheiben einsetzte und überhaupt das Ganze so geschickt einzurichten wusste, dass alles drinnen sich beinahe blanker und hübscher ausnahm, als wenn man es in Händen hatte. Im obersten Fache, für Marien und Fritzen unerreichbar, standen des Paten Droßelmeier Kunstwerke, gleich darunter war das Fach für die Bilderbücher, die beiden untersten Fächer durften Marie und Fritz anfüllen wie sie wollten, jedoch geschah es immer, dass Marie das unterste Fach ihren Puppen zur Wohnung einräumte, Fritz dagegen in dem Fache drüber seine Truppen Kantonierungsquartiere beziehen ließ. So war es auch heute gekommen, denn, indem Fritz seine Husaren oben aufgestellt, hatte Marie unten Mamsell Trutchen beiseitegelegt, die neue schön geputzte Puppe in das sehr gut möblierte Zimmer hineingesetzt, und sich auf Zuckerwerk bei ihr eingeladen. Sehr gut möbliert war das Zimmer, habe ich gesagt, und das ist auch wahr, denn ich weiß nicht, ob du, meine aufmerksame Zuhörerin Marie! ebenso wie die kleine Stahlbaum (es ist dir schon bekannt worden, dass sie auch Marie heißt), ja! – ich meine, ob du ebenso wie diese, ein kleines schöngeblümtes Sofa, mehrere allerliebste Stühlchen, einen niedlichen Teetisch, vor allen Dingen aber ein sehr nettes blankes Bettchen besitzest, worin die schönsten Puppen ausruhen? Alles dieses stand in der Ecke des Schranks, dessen Wände hier sogar mit bunten Bilderchen tapeziert waren, und du kannst dir wohl denken, dass in *diesem* Zimmer die neue Puppe, welche, wie Marie noch denselben Abend erfuhr, Mamsell Clärchen hieß, sich sehr wohl befinden musste.

Es war später Abend geworden, ja Mitternacht im Anzuge, und Pate Droßelmeier längst fortgegangen, als die Kinder noch gar nicht wegkommen konnten von dem Glasschrank, sosehr auch die Mutter mahnte, dass sie doch endlich nun zu Bette gehen möchten. »Es ist wahr«, rief endlich Fritz, »die armen Kerls (seine Husaren meinend) wollen auch nun Ruhe haben, und solange ich da bin, wagt's keiner, ein bisschen zu nicken, das weiß ich schon!« Damit ging er ab; Marie aber bat gar sehr: »Nur noch ein Weilchen, ein einziges kleines Weilchen lass mich hier, liebe Mutter, hab ich ja doch manches zu besorgen, und ist das geschehen, so will ich ja gleich zu Bette gehen!« Marie war gar ein frommes vernünftiges Kind, und so konnte die gute Mutter wohl ohne Sorgen sie noch bei den Spielsachen allein lassen. Damit aber Marie nicht etwa gar zu sehr verlockt werde von der neuen Puppe und den schönen Spielsachen überhaupt, so aber die Lichter vergäße, die rings um den Wandschrank brennten, löschte die Mutter sie sämtlich aus, so dass nur die Lampe, die in der Mitte des Zimmers von der Decke herabhing, ein sanftes anmutiges Licht verbreitete. »Komm bald hinein, liebe Marie! sonst kannst du ja morgen nicht zu rechter Zeit aufstehen«, rief die Mutter, indem sie sich in das Schlafzimmer entfernte. Sobald sich Marie allein befand, schritt sie schnell dazu, was ihr zu tun recht auf dem Herzen lag, und was sie doch nicht, selbst wusste sie nicht, warum, der Mutter zu entdecken vermochte. Noch immer hatte sie den kranken Nussknacker eingewickelt in ihr Taschentuch auf dem Arm getragen. Jetzt legte sie ihn behutsam auf den Tisch, wickelte leise, leise das Tuch ab, und sah nach den Wunden. Nussknacker war sehr bleich, aber dabei lächelte er so wehmütig freundlich, dass es Marien recht durch das Herz ging. »Ach, Nussknackerchen«, sprach sie sehr leise, »sei nur nicht böse, dass Bruder Fritz dir so wehe getan hat, er hat es auch nicht so schlimm gemeint, er ist nur ein bisschen hartherzig geworden durch das wilde Soldatenwesen, aber sonst ein recht guter Junge, das kann ich dich versichern. Nun will ich dich aber auch recht sorglich so lange pflegen, bis du wieder ganz gesund und fröhlich geworden; dir deine Zähnchen recht fest einsetzen, dir die Schultern einrenken, das soll Pate Droßelmeier, der sich auf solche Dinge versteht.« – Aber nicht ausreden konnte Marie, denn indem sie den Namen Droßelmeier nannte, machte Freund Nussknacker ein ganz verdammt schiefes Maul, und aus seinen Augen fuhr es heraus, wie grünfunkelnde Stacheln. In dem Augenblick aber, dass Marie sich recht entsetzen wollte, war es ja wieder des ehrlichen Nussknackers wehmütig lächelndes Gesicht, welches sie anblickte, und sie wusste nun wohl, dass der von der Zugluft berührte, schnell auflodernde Strahl der Lampe im Zimmer Nussknackers Gesicht so entstellt hatte. »Bin ich nicht ein töricht Mädchen, dass ich so leicht erschrecke, so dass ich sogar glaube, das Holzpüppchen da könne mir Gesichter schneiden! Aber lieb ist mir doch Nussknacker gar zu sehr, weil er so komisch ist, und doch so gutmütig, und darum muss er gepflegt werden, wie sich's gehört!« Damit nahm Marie den Freund Nussknacker in den Arm, näherte sich dem Glasschrank, kauerte vor demselben, und sprach also zur neuen Puppe: »Ich bitte dich recht sehr, Mamsell Clärchen, tritt dein Bettchen dem kranken wunden Nussknacker ab, und behelfe dich, so gut wie es geht, mit dem Sofa. Bedenke, dass du sehr gesund, und recht bei Kräften bist, denn sonst würdest du nicht solche dicke dunkelrote Backen haben, und dass sehr wenige der allerschönsten Puppen solche weiche Sofas besitzen.« Mamsell Clärchen sah in vollem glänzenden Weihnachtsputz sehr vornehm und verdrießlich aus, und sagte nicht »Muck!« »Was mache ich aber auch für Umstände«, sprach Marie, nahm das Bette hervor, legte sehr leise und sanft Nussknackerchen hinein, wickelte noch ein gar schönes Bändchen, das sie sonst um den Leib getragen, um die wunden Schultern und bedeckte ihn bis unter die Nase. »Bei der unartigen Kläre darf er aber nicht bleiben«, sprach sie weiter und hob das Bettchen samt dem darinne liegenden Nussknacker heraus in das obere Fach, so dass es dicht neben dem schönen Dorf zu stehen kam, wo Fritzens Husaren kantonierten. Sie verschloss den Schrank und wollte ins Schlafzimmer, da – horcht auf Kinder! – da fing es an leise – leise zu wispern und zu flüstern und zu rascheln ringsherum, hinter dem Ofen, hinter den Stühlen, hinter den Schränken. – Die Wanduhr schnurrte dazwischen lauter und lauter, aber sie konnte nicht schlagen. Marie blickte hin, da hatte die große vergoldete Eule, die darauf saß, ihre Flügel herabgesenkt, so dass sie die ganze Uhr überdeckten, und den hässlichen Katzenkopf mit krummem Schnabel weit vorgestreckt. Und stärker schnurrte es mit vernehmlichen Worten: »Uhr, Uhre, Uhre, Uhren, müsst alle nur leise schnurren, leise schnurren. – Mausekönig hat ja wohl ein feines Ohr – purrpurr – pum pum singt nur, singt ihm altes Liedlein vor – purr purr – pum pum schlag an Glöcklein, schlag an, bald ist es um ihn getan!« Und pum pum ging es ganz dumpf und heiser zwölfmal! – Marien fing an sehr zu grauen, und entsetzt wär' sie beinahe davongelaufen, als sie Pate Droßelmeier erblickte, der statt der Eule auf der Wanduhr saß und seine gelben Rockschöße von beiden Seiten wie Flügel herabgehängt hatte, aber sie ermannte sich und rief laut und weinerlich: »Pate Droßelmeier, Pate Droßelmeier, was willst du da oben? Komm herunter zu mir und erschrecke mich nicht so, du böser Pate Droßelmeier!« – Aber da ging ein tolles Kichern und Gepfeife los rund umher, und bald trottierte und lief es hinter den Wänden wie mit tausend kleinen Füßchen und tausend kleine Lichterchen blickten aus den Ritzen der Dielen. Aber nicht Lichterchen waren es, nein! kleine funkelnde Augen, und Marie wurde gewahr, dass überall Mäuse hervorguckten und sich hervorarbeiteten. Bald ging es trott – trott – hopp hopp in der Stube umher – immer lichtere und dichtere Haufen Mäuse galoppierten hin und her, und stellten sich endlich in Reihe und Glied, so wie Fritz seine Soldaten zu stellen pflegte, wenn es zur Schlacht gehen sollte. Das kam nun Marien sehr possierlich vor, und da sie nicht, wie manche andere Kinder, einen natürlichen

Abscheu gegen Mäuse hatte, wollte ihr eben alles Grauen vergehen, als es mit einem Mal so entsetzlich und so schneidend zu pfeifen begann, dass es ihr eiskalt über den Rücken lief! – Ach was erblickte sie jetzt! – Nein, wahrhaftig, geehrter Leser Fritz, ich weiß, dass ebenso gut wie dem weisen und mutigen Feldherrn Fritz Stahlbaum dir das Herz auf dem rechten Flecke sitzt, aber, hättest du *das* gesehen, was Marien jetzt vor Augen kam, wahrhaftig du wärst davongelaufen, ich glaube sogar, du wärst schnell ins Bette gesprungen und hättest die Decke viel weiter über die Ohren gezogen als gerade nötig. – Ach! – das konnte die arme Marie ja nicht einmal tun, denn hört nur Kinder! – dicht dicht vor ihren Füßen sprühte es wie von unterirdischer Gewalt getrieben, Sand und Kalk und zerbröckelte Mauersteine hervor und sieben Mäuseköpfe mit sieben hellfunkelnden Kronen erhoben sich recht grässlich zischend und pfeifend aus dem Boden. Bald arbeitete sich auch der Mäusekörper, an dessen Hals die sieben Köpfe angewachsen waren, vollends hervor und der großen mit sieben Diademen geschmückten Maus jauchzte in vollem Chorus dreimal laut aufquiekend das ganze Heer entgegen, das sich nun auf einmal in Bewegung setzte und hott, hott – trott – trott ging es – ach geradezu auf den Schrank – geradezu auf Marien los, die noch dicht an der Glastüre des Schrankes stand. Vor Angst und Grauen hatte Marien das Herz schon so gepocht, dass sie glaubte, es müsse nun gleich aus der Brust herausspringen und dann müsste sie sterben; aber nun war es ihr, als stehe ihr das Blut in den Adern still. Halb ohnmächtig wankte sie zurück, da ging es klirr – klirr – prr und in Scherben fiel die Glasscheibe des Schranks herab, die sie mit dem Ellbogen eingestoßen. Sie fühlte wohl in dem Augenblick einen recht stechenden Schmerz am linken Arm, aber es war ihr auch plötzlich viel leichter ums Herz, sie hörte kein Quieken und Pfeifen mehr, es war alles ganz still geworden, und, obschon sie nicht hinblicken mochte, glaubte sie doch, die Mäuse wären von dem Klirren der Scheibe erschreckt wieder abgezogen in ihre Löcher. –

Aber was war denn das wieder? – Dicht hinter Marien fing es an im Schrank auf seltsame Weise zu rumoren und ganz feine Stimmchen fingen an: »Aufgewacht – aufgewacht – woll'n zur Schlacht – noch diese Nacht – aufgewacht – auf zur Schlacht.« – Und dabei klingelte es mit harmonischen Glöcklein gar hübsch und anmutig! »Ach das ist ja mein kleines Glockenspiel«, rief Marie freudig, und sprang schnell zur Seite. Da sah sie wie es im Schrank ganz sonderbar leuchtete und herumwirtschaftete und hantierte. Es waren mehrere Puppen, die durcheinanderliefen und mit den kleinen Armen herumfochten. Mit einem Mal erhob sich jetzt Nussknacker, warf die Decke weit von sich und sprang mit beiden Füßen zugleich aus dem Bette, indem er laut rief: »Knack – knack – knack – dummes Mausepack – dummer toller Schnack – Mausepack – Knack – Knack – Mausepack – Krick und Krack – wahrer Schnack.« Und damit zog er sein kleines Schwert und schwang es in den Lüften und rief: »Ihr meine lieben Vasallen, Freunde und Brüder, wollt ihr mir beistehen im harten Kampf?« – Sogleich schrien heftig drei Skaramuzze, ein Pantalon, vier Schornsteinfeger, zwei Zitherspielmänner und ein Tambour: »Ja Herr – wir hängen Euch an in standhafter Treue – mit Euch ziehen wir in Tod, Sieg und Kampf!« und stürzten sich nach dem begeisterten Nussknacker, der den gefährlichen Sprung wagte, vom obern Fach herab. Ja! jene hatten gut sich herabstürzen, denn nicht allein dass sie reiche Kleider von Tuch und Seide trugen, so war inwendig im Leibe auch nicht viel anders als Baumwolle und Häcksel, daher plumpten sie auch herab wie Wollsäckchen. Aber der arme Nussknacker, der hätte gewiss Arm und Beine gebrochen, denn, denkt euch, es war beinahe zwei Fuß hoch vom Fache, wo er stand, bis zum untersten, und sein Körper war so spröde als sei er geradezu aus Lindenholz geschnitzt. Ja Nussknacker hätte gewiss Arm und Beine gebrochen, wäre, im Augenblick als er sprang, nicht auch Mamsell Clärchen schnell vom Sofa aufgesprungen und hätte den Helden mit dem gezogenen Schwert in ihren weichen Armen aufgefangen. »Ach du liebes gutes Clärchen!«, schluchzte Marie, »wie habe ich dich verkannt, gewiss gabst du Freund Nussknackern dein Bettchen recht gerne her!« Doch Mamsell Clärchen sprach jetzt, indem sie den jungen Helden sanft an ihre seidene Brust drückte: »Wollet Euch, o Herr! krank und wund wie Ihr seid, doch nicht in Kampf und Gefahr begeben, seht wie Eure tapferen Vasallen kampflustig und des Sieges gewiss sich sammeln. Skaramuz, Pantalon, Schornsteinfeger, Zitherspielmann und Tambour sind schon unten und die Devisenfiguren in meinem Fache rühren und regen sich merklich! Wollet, o Herr! in meinen Armen ausruhen, oder von meinem Federhut herab Euern Sieg anschaun!« So sprach Clärchen, doch Nussknacker tat ganz ungebärdig und strampelte so sehr mit den Beinen, dass Clärchen ihn schnell herab auf den Boden setzen musste. In dem Augenblick ließ er sich aber sehr artig auf ein Knie nieder und lispelte: »O Dame! stets werd' ich Eurer mir bewiesenen Gnade und Huld gedenken in Kampf und Streit!« Da bückte sich Clärchen so tief herab, dass sie ihn beim Ärmchen ergreifen konnte, hob ihn sanft auf, löste schnell ihren mit vielen Flittern gezierten Leibgürtel los und wollte ihn dem Kleinen umhängen, doch der wich zwei Schritte zurück, legte die Hand auf die Brust, und sprach sehr feierlich: »Nicht so wollet, o Dame, Eure Gunst an mir verschwenden, denn« – er stockte, seufzte tief auf, riss dann schnell das Bändchen, womit ihn Marie verbunden hatte, von den Schultern, drückte es an die Lippen, hing es wie eine Feldbinde um, und sprang, das blankgezogene Schwertlein mutig schwenkend, schnell und behände wie ein Vögelchen über die Leiste des Schranks auf den Fußboden. – Ihr merkt wohl höchst geneigte und sehr vortreffliche Zuhörer, dass Nussknacker schon früher als er wirklich lebendig worden, alles Liebe und Gute, was ihm Marie erzeigte, recht deutlich fühlte, und dass er nur deshalb, weil er Marien so gar gut worden, auch nicht einmal ein Band von Mamsell Clärchen annehmen und tragen wollte, unerachtet es sehr glänzte und sehr hübsch aussah. Der treue gute Nussknacker putzte sich lieber mit Mariens schlichtem Bändchen. – Aber wie wird es nun weiter werden? – Sowie Nussknacker herabspringt, geht auch das Quieken und Piepen wieder los. Ach! unter dem großen Tische halten ja die fatalen Rotten unzähliger Mäuse und über alle ragt die abscheuliche Maus mit den sieben Köpfen hervor! – Wie wird das nun werden! –

Selma Lagerlöf

Die heilige Nacht

Als ich fünf Jahre alt war, hatte ich einen großen Kummer. Ich weiß nicht einmal, ob ich seitdem einen größeren erlebt habe.

Das war, als meine Großmutter starb. Bis dahin hatte sie jeden Tag im Ohrensessel in ihrem Zimmer gesessen und Geschichten erzählt.

Ich kann mich an nichts anderes erinnern, als dass Großmutter dort saß und erzählte und erzählte – von morgens bis abends. Und dass wir Kinder still neben ihr saßen und ihr zuhörten. Das war ein herrliches Leben. Niemand sonst hatte es so schön wie wir.

Ich erinnere mich nicht an sehr viel von meiner Großmutter. Ich weiß noch, dass sie schönes, kreideweißes Haar hatte und dass sie sehr krumm lief und dass sie immer dasaß und an einem Strumpf strickte. Und ich erinnere mich auch daran, dass sie mir, wenn sie eine Geschichte erzählt hatte, die Hand auf mein Haar legte und sagte: »Und das alles ist so wahr, wie ich dich sehe und du mich.«

Ich kann mich auch erinnern, dass sie Lieder singen konnte, auch wenn sie das nicht jeden Tag tat. Eines dieser Lieder handelte von einem Ritter und einer Wassernymphe, und der Refrain ging so: »Es bläst ein kalter Wind, kalter Wind übers Wasser.«

Und ich erinnere mich an ein kleines Gebet, das Großmutter mir beibrachte, und an einen Bibelvers aus einem Choral.

An all die Geschichten, die sie mir erzählt hat, habe ich nur eine schwache und verschwommene Erinnerung. Da ist nur diese eine, an die ich mich so gut erinnere, dass ich sie selbst erzählen könnte: Das ist die kurze Geschichte von Jesu Geburt.

Seht, das ist beinahe schon alles, woran ich mich bei Großmutter erinnere – bis auf meine allerstärkste Erinnerung: die große Sehnsucht nach ihr, als sie fort war.

Ich erinnere mich an den Morgen, an dem der Ohrensessel plötzlich leer stand und es mir unmöglich schien zu begreifen, wie die Stunden des Tages ohne Großmutter vergehen sollten. Daran erinnere ich mich. Das vergesse ich niemals.

Und ich erinnere mich, wie wir Kinder zu ihr geführt wurden, um der Toten die Hand zu küssen. Und wir fürchteten uns davor, bis jemand zu uns sagte, das sei das letzte Mal, dass wir Großmutter für die Freude danken könnten, die sie uns geschenkt hatte.

Und dann erinnere ich mich, wie die Geschichten und die Lieder vom Hof verschwanden, verpackt in einen langen, schwarzen Sarg, und wie sie nie wieder zu uns zurückkehrten. Ich erinnere mich, dass etwas im Leben fehlte. Es fühlte sich an, als ob die Tür zu einer schönen, verzauberten Welt, in der wir nach Herzenslust ein und aus gehen konnten, für immer verschlossen worden war. Und es war niemand da, der sich darauf verstand, diese Tür wieder zu öffnen.

Und ich erinnere mich, dass wir Kinder uns mit der Zeit angewöhnten, mit unseren Puppen und unseren Spielsachen zu spielen und so zu leben wie andere Kinder, und da konnte es ja so aussehen, als ob wir Großmutter nicht mehr vermissten oder uns an sie erinnerten.

Aber noch heute, vierzig Jahre später, wenn ich hier sitze und versuche die Christuslegenden zusammenzustellen, die ich weit fort im Morgenland gehört habe, erwacht in mir die kleine Geschichte von Jesu Geburt, so wie Großmutter sie erzählte. Und ich bekomme Lust, sie noch einmal zu erzählen und sie in meine Sammlung aufzunehmen.

Es war an einem ersten Weihnachtstag, als alle in die Kirche gefahren waren, außer Großmutter und mir. Ich glaube, wir waren allein im ganzen Haus. Wir waren nicht mitgenommen worden, weil die eine zu jung war und die andere zu alt. Und beide waren wir traurig, dass wir nicht mit zur Christmette fahren durften, um die Weihnachtslichter zu sehen.

Als wir so dasaßen in unserer Einsamkeit, begann Großmutter zu erzählen.

»Es war einmal ein Mann«, begann sie, »der in die dunkle Nacht hinausging, um Feuer zu holen. Er ging von Haus zu Haus und klopfte überall: ›Bitte, helft mir‹, sagte er. ›Meine Frau hat gerade ein Kind bekommen, und ich will Feuer für beide machen, um sie und das Kleine zu wärmen.‹

Aber es war mitten in der tiefen Nacht, alle Menschen schliefen. Niemand antwortete ihm. Der Mann lief weiter und weiter. Schließlich sah er weit entfernt den Schein eines Feuers leuchten. Er lief also in diese Richtung und entdeckte, dass ein Feuer draußen im Freien brannte. Eine Herde weißer Schafe lag schlafend um das Feuer herum, und ein alter Hirte saß daneben und bewachte sie. Als der Mann, der sich das Feuer holen wollte, bis zu den Schafen herangekommen war, sah er, dass zu Füßen des Hirten drei große Hunde schliefen. Die Hunde erwachten, als er näher kam, und öffneten weit ihre Mäuler, so als ob sie bellen wollten, aber es kam kein Ton heraus. Der Mann sah, wie sich die Haare auf ihren Rücken aufstellten, er sah ihre scharfen Zähne im Schein des Feuers weiß aufleuchten, und wie sie ihm entgegengelaufen kamen. Er spürte, wie einer der Hunde versuchte, in sein Bein hineinzubeißen, und einer in seine Hand, und wie sich einer anschickte, in seine Gurgel zu beißen. Aber ihre Kiefer und Zähne, mit denen sie zubeißen wollten, gehorchten ihnen nicht, und der Mann nahm nicht den geringsten Schaden.

Nun wollte der Mann weitergehen, um sich zu holen, was er brauchte. Aber die Schafe lagen so dicht aneinander, Rücken an Rücken, dass er nicht vorwärtskam. Da stieg der Mann auf den Rücken der Schafe und lief über sie hinweg bis zum Feuer. Und keines der Tiere erwachte oder bewegte sich auch nur.«

Bis hierhin hatte Großmutter ungestört erzählen können, aber jetzt konnte ich nicht anders, ich musste sie unterbrechen:

»Warum sind sie nicht erwacht, Großmutter?«, fragte ich.

»Das wirst du gleich erfahren«, sagte Großmutter und fuhr mit ihrer Geschichte fort.

»Als der Mann nah genug an das Feuer herangekommen war, blickte der Hirte zu ihm auf. Er war ein alter, mürrischer Mann, der anderen hart und unfreundlich begegnete. Und als er den Fremden kommen sah, zog er den langen, spitzen Stab, den er immer in der Hand hielt, wenn er die Herde hütete, zu sich heran und warf ihn dem Mann entgegen. Und der Stab flog pfeifend direkt auf den Mann zu, aber bevor er ihn treffen konnte, wich er zur Seite aus und schoss an dem Mann vorbei weit hinaus aufs Feld.«

Als Großmutter so weit gekommen war, unterbrach ich sie erneut:

»Großmutter, warum wollte der Stab den Mann nicht treffen?« Aber Großmutter kümmerte sich nicht darum, mir zu antworten, sondern fuhr fort zu erzählen. »Jetzt hatte der Mann den Hirten erreicht und sagte zu ihm: ›Bitte, hilf mir und gib mir etwas von deinem Feuer! Meine Frau hat gerade ein Kind bekommen, und ich will Feuer für beide machen, um sie und das Kleine zu wärmen.‹

Der Hirte hätte am liebsten ›Nein‹ gesagt, aber als er daran dachte, dass die Hunde den Mann nicht hatten verletzen können und die Schafe nicht vor ihm weggelaufen waren und dass sein Stab ihn nicht hatte umwerfen können, bekam er es mit der Angst zu tun und wagte nicht, dem Mann seine Bitte abzuschlagen.

›Nimm dir, soviel du brauchst!‹, sagte er zu dem Mann.

Aber das Feuer war fast heruntergebrannt. Es waren weder Äste noch Zweige übrig, sondern nur ein großer Haufen Glut, und der Fremde besaß weder eine Schaufel noch eine Kelle, in der er die rote Glut hätte tragen können.

Als der Hirte das sah, sagte er noch einmal: ›Nimm dir, soviel du brauchst!‹, und freute sich im Geheimen, dass der Mann von seinem Feuer nichts würde mitnehmen können.

Aber der Mann beugte sich hinunter und nahm mit seinen bloßen Händen einige glühende Kohlen aus der Asche und legte sie in seinen Mantel. Und als er sie berührte, verbrannten die Kohlen weder seine Hände noch seinen Mantel; sondern der Mann trug sie fort, als wären es Nüsse oder Äpfel.«

An dieser Stelle wurde die Geschichtenerzählerin zum dritten Mal unterbrochen:

»Großmutter, warum haben die Kohlen den Mann nicht verbrannt?«

»Das wirst du gleich hören«, sagte Großmutter und fuhr weiter fort.

»Als der Hirte, der so ein gemeiner und mürrischer Mann war, das alles sah, begann er sich zu wundern: ›Was muss das für eine Nacht sein, in der die Hunde nicht beißen, die Schafe sich nicht fürchten, der Pfeil nicht tötet und das Feuer nichts verbrennt?‹ Er rief den Fremden zurück und sagte zu ihm: ›Was ist das hier für eine Nacht? Wie kann es sein, dass alle Dinge dir ihre Barmherzigkeit zeigen?‹

Da antwortete der Mann: ›Das kann ich dir nicht sagen, solange du es nicht selber siehst‹, und wollte seines Weges gehen, um schnell das Feuer anzuzünden, das seine Frau und das Kind wärmen sollte.

Doch plötzlich spürte der Hirte, dass er den Mann nicht aus den Augen verlieren durfte, bevor er nicht herausgefunden hatte, was all das bedeuten könnte. Er stand also auf und folgte ihm, bis er dessen Bleibe gefunden hatte.

Da entdeckte der Hirte, dass der Mann nicht einmal eine Hütte besaß, in der er wohnte, sondern dass seine Frau und das Kind in einer Berggrotte lagen, in der es nichts als nackte, kalte Steinwände gab.

Und der Hirte dachte bei sich, dass das arme, unschuldige

Kind vielleicht dort in der Grotte würde erfrieren müssen, und obwohl er ein harter Mann war, rührte ihn, was er sah, und er fand, dass er dem Kind helfen müsste. Also nahm er seinen Beutel von der Schulter und zog daraus ein weiches, weißes Lammfell hervor, gab es dem fremden Mann und sagte, dass er das Kind darauf schlafen legen solle.

In diesem Augenblick, als sich der alte Hirte barmherzig zeigte, öffneten sich seine Augen, und er sah, was er vorher nicht hatte sehen können, und hörte, was er vorher nicht hatte hören können. Er sah, dass um ihn herum ein dichter Kreis kleiner Engel mit silbernen Flügeln stand. Und jeder einzelne Engel hielt eine Harfe in der Hand, und alle sangen sie mit lauter Stimme, dass in dieser Nacht der Retter geboren sei, der die Welt von ihren Sünden befreien werde.

Da verstand der Hirte, dass in dieser Nacht alle Dinge und Kreaturen so glücklich waren, dass sie nichts Böses tun konnten.

Aber es standen nicht nur um den Hirten Engel herum, sondern er sah sie überall. Sie saßen in der Grotte und auf dem Berg davor, und es flogen Engel bis hinauf unter den Himmel. Es kamen Engel in großen Scharen den Weg hinunter, und bevor sie vorbeigingen, blieben sie stehen und warfen einen Blick auf das Kind.

Da lag ein solcher Jubel in der Luft und eine solche Freude und Gesang und Harfenspiel, und all das sah der Hirte mitten in der dunklen Nacht, in der er zuvor nichts hatte sehen können. Und er war so froh darüber, dass ihm die Augen geöffnet worden waren, dass er auf die Knie fiel und Gott dankte.«

Als Großmutter so weit gekommen war, seufzte sie und sagte:

»Das, was der Hirte sah, das könnten wir auch sehen, denn die Engel fliegen in jeder Weihnachtsnacht unter dem Himmel, aber wir können sie nicht immer erkennen.«

Und dann legte Großmutter ihre Hand auf mein Haar und sagte:

»Daran sollst du dich erinnern, denn das ist so wahr, wie dass ich dich sehe und du mich. Es kommt nicht auf Licht und Lampen an, und Sonne und Mond bedeuten nichts. Wirklich wichtig ist, dass auch wir Augen besitzen, die uns Gottes Herrlichkeit sehen lassen.«

Verzeichnis der Autorinnen und Autoren, Texte und Druckvorlagen

HANS CHRISTIAN ANDERSEN (1805–1875)
(1) Der Schneemann 29
(2) Das kleine Mädchen mit den Schwefelhölzern 56
(3) Die Schneekönigin 68
(4) Der Tannenbaum 135
Aus: H. C. A.: Märchen und Geschichten. Hrsg. und übers. von Heinrich Detering. Stuttgart: Reclam, 2019. (1) S. 335–341, (2) S. 206–208, (3) S. 155–192, (4) S. 142–152.

ANONYM
(1) Väterchen Frost 41
(2) Das Märchen vom Schnee 105
(3) Alice und ihre Tauben 146
(1) aus: Russische Volksmärchen. Ges. von Alexander N. Afanaßjew. Übers. von Anna Meyer. Wien: Stern, 1906.
(2) aus: Russische Volksmärchen. Neu erzählt von Yvonne Feyl. – Mit Genehmigung von Yvonne Feyl, Wiernsheim.
(3) aus: Vom Osten strahlt ein Stern herein. Geschichten zu Advent, Weihnachten und Dreikönig. Hrsg. von Ineke Verschuren. Stuttgart: Urachhaus, 1998. S. 273–278. – © Verlag Freies Geistesleben & Urachhaus GmbH, Stuttgart [8]2012.

LUDWIG BECHSTEIN (1801–1860)
Schneeweißchen 46
Aus: L. B.: Deutsches Märchenbuch. Stuttgart: Reclam, 2019. S. 249–259.
Besenstielchen 153
Aus: L. B.: Deutsches Märchenbuch. Stuttgart: Reclam, 2019. S. 287–292.

PAULA DEHMEL (1862–1918)
Weihnachten in der Vorratskammer 159
Aus: P. D.: Das grüne Haus. Märchen, Geschichten u. ein Neujahrsspiel. Köln: Schaffstein, 1907. S. 65–67

BRÜDER GRIMM (d. i. Jacob Ludwig Karl Grimm [1785–1863] und Wilhelm Carl Grimm [1786–1859])
(1) Frau Holle 7
(2) Sterntaler 36
(3) Hänsel und Gretel 59
Aus: B. G.: Die schönsten Märchen. Eine Auswahl. Stuttgart: Reclam, 2019. (1) S. 98–101, (2) S. 361 f., (3) S. 67–75.

E. T. A. HOFFMANN (1776–1822)
Nussknacker und Mausekönig 162
Aus: E. T. A. H.: Nussknacker und Mausekönig. Stuttgart: Reclam, 2022. S. 7–27.

SELMA LAGERLÖF (1858–1940)
Die Legende von der Christrose 11
Aus: S. L.: Sancta Lucia. Weihnachtliche Geschichten. Hrsg. von Christel Hildebrandt und Gabriele Haefs. Stuttgart: Reclam, 2013. S. 44–66.
Die Legende vom Luciatag 112
Aus: S. L.: Sancta Lucia. Weihnachtliche Geschichten. Hrsg. von Christel Hildebrandt und Gabriele Haefs. Stuttgart: Reclam, 2013. S. 15–43.
Die heilige Nacht 180
Aus: S. L.: Christuslegenden. München: Nymphenburger Verlagshandlung, 1948. S. 5–13.

ASTRID LINDGREN (1907–2002)
Pelle zieht aus 37
Aus: A. L.: Pelle zieht aus und andere Weihnachtsgeschichten. Übers. von Karl Kurt Peters. Hamburg: Verlag Friedrich Oetinger. S. 7–13. – © der deutschen Ausgabe: Verlag Friedrich Oetinger, Hamburg. ISBN: 978-3-7891-4116-4.

OSCAR WILDE (1854–1900)
Der selbstsüchtige Riese 106
Aus: O. W.: Der Glückliche Prinz und andere Märchen. Übers. und mit einem Nachw. von Hans-Christian Oeser. Stuttgart: Reclam, 2016. S. 29–34.

RECLAM TASCHENBUCH Nr. 20756
2024 Philipp Reclam jun. Verlag GmbH,
Siemensstraße 32, 71254 Ditzingen
Umschlaggestaltung: Philipp Reclam jun. Verlag GmbH
Umschlagabbildung: Carl Larsson, »Hof und Waschhaus«, (1895) – akg-images
Umschlagmaterial: PEYVIDA puro 270 g/m², peyer graphic gmbh
Druck und Bindung: GGP Media GmbH,
Karl-Marx-Straße 24, 07381 Pößneck
Printed in Germany 2024
RECLAM ist eine eingetragene Marke
der Philipp Reclam jun. GmbH & Co. KG, Stuttgart
ISBN 978-3-15-020756-7

www.reclam.de

FSC www.fsc.org
MIX
Papier | Fördert gute Waldnutzung
FSC® C014496

»Durch gute Leser wird ein Buch erst wahrhaft gut.«

RALPH WALDO EMERSON

JOHANN WOLFGANG GOETHE
Die schönsten Gedichte
RECLAM

DAS BESTE VON
Wilhelm Busch
RECLAM

Die Gedichte
RECLAM

EDITH WHARTON
Das Haus der Freude
RECLAM

Jeder summt
sein Sümmchen
RECLAM

GILBERT KEITH CHESTERTON
Die besten
Pater-Brown-Geschichten
RECLAM

Nils Holgersson
RECLAM

THEODOR FONTANE
Effi Briest
RECLAM

Die Abenteuer des
Huckleberry Finn
RECLAM

RECLAM